残夢《ざんむ》童女《どうじょ》

石牟礼道子追悼文集

石牟礼道子資料保存会 編

平凡社

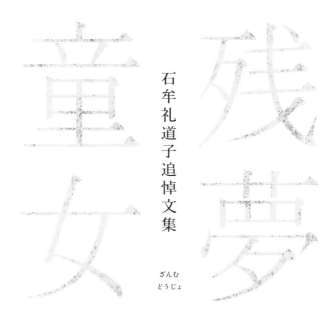

残夢童女 石牟礼道子追悼文集——目次

I

傍にて

II　渚の人の面影

III　石牟礼道子論

I 傍にて

手に負えない大きな存在

渡辺京二

――石牟礼さんが亡くなった後、新聞社などから依頼される追悼を断っていました。だって追悼を身内が書いたらおかしいでしょ。（亡くなるまで）その時、その時の石牟礼さんの主治医が「どなたが最終的に責任を取るんですか」と聞くから「私がやります」と言ってきた。道生くん（石牟礼さんの長男）は（住まいが）離れているからね。そんな立場で追悼文を書いたりするのはおかしいよね。

あまり苦しまずに亡くなったからよかったけれど、その後、彼女がいないということがじわじわ効いてくるというか、喪失感というか。なにしろ五〇年近くほとんど毎日会って一緒にやってきて、それが突然なくなったから。いまでもまだ、自分のペースが始まっていない。ちょうどサラリーマンが四〇年勤めた職場を離れるとひとつの変わり目で、例えばうつ病になったりするでしょう。それ以上だよ、僕の場合はね。

――昨年刊行された『預言の哀しみ　石牟礼道子の宇宙Ⅱ』（弦書房、二〇一八年）には、新たに『椿の海の記』など三作品についての評釈の書き下ろしが掲載されています。前作（『もうひとつのこの世　石牟礼道子の宇宙』二〇一三年）のあとがきで、彼女の作品について論じておくべきものを書くとしていたからね。ただ体力的にも精神的にも、よく書けたなと思う。今度の本を書いて一応、これで供養が済んだと思っている。恩返しができたかな、と。彼女の書いたものや考え方から教えてもらったから。一番教えてもらったのは、日本の庶民たちの精神世界だね。

僕は彼女から大いに吸収するものはあったんだけれど、彼女は何もなかったんだよ。彼女は僕を〝百科事典〟みたいに使って、そこで僕は役に立った。だって最後には「私が結婚したのは何年だったでしょう」って聞いていた（笑）。

石牟礼さんの文学についてさんざん書いてきているけれど、しばらくたったら見直して、また書くことがあるかもしれない。あの人の作品の世界は、何度書いても書き尽くせない気がしている。一番大事な核心部分に手が届いていないような気がずっとする。その時々に彼女の本質に触れているとは思うんだけれど、丸ごと核心を取り出して「こういう人よ」とまだ言えていないような。ただそのためには、彼女の全作品を読み返す必要がありますね。

――石牟礼さんの作品でひとつ選ぶなら『椿の海の記』だと書かれていました。

幼少時代を書いた『椿──』に彼女の原点があり、あそこからすべてが出発している。日本の自然や村をあんな風に捉えた人はいない。ああいう風に独自の言葉が使えるのは才能の証拠です。彼女は水俣の近代的な町ができる過程で、庶民の共同社会における人の意地悪さや悪意を幼い時から感じ取っていた。例えば近所のおばさんが「みっちん、笑ろうてみせ」と言う。彼女は嫌なのね。でもそこで笑ってみせる自分も嫌。つくり笑いをして、人と人との間が平和に保たれる関係にうそっぽいものを幼少時代から感じている。文句ない家族や友だちに囲まれながらも、一〇代に書いたノートを見たら、まるでハリネズミ。反抗的。この世に生まれてきて存在する切なさみたいなことを、普通の人間よりも何倍も感じ取る子どもだった。そこが『椿──』に出ている。

──今後、石牟礼文学はどう評価されていくでしょうか。

石牟礼さんは長年、社会派ルポルタージュ作家や左翼の運動家みたいに思われてきた。以前の研究者は『苦海浄土』に引っ張られてしまって、社会活動家のように強調するのが多かったけれど、最近は文学者として論じ、文学としてのユニークさをちゃんと分かっている人が多いから、これからです。例えば大学の卒論のテーマなどになっていくでしょう。

僕は「あなた方にお任せします」という気持ちでいる。みなさんの石牟礼道子です。彼女のつかみ方はいろいろあるでしょうから、その点では安心しているんです。「石牟礼道子のことは俺が一番分かっとっとぞ」という気持ちは全然ない。

もちろん、僕が理解している彼女というのはある。だけどあの人は、何というか、存在が大きい。作家であるのは間違いないんだが、単に作家じゃないんだ。人間としてはわがままは言うし、焼きもちは焼くし、かーっとなったらすぐ感情的になってひどいことを言った。でもその日常的なものを越えた、大きなひとつの人格があったね。

いま考えてみると、僕の手に負える人じゃなかったと思う。つまり天地から言葉を預かっている人。そういう存在はめったにいるもんじゃないから。

（わたなべ・きょうじ　思想史家／評論家）

ワガママ、気まぐれ大明神

阿南満昭

石牟礼さんと知り合ったのは五〇年ばかり前だった。私はそれからすぐ結婚し、結婚祝いだと『苦海浄土』の文庫本をいただいた。あまり本を読む性質でもなかったが、せっかくくれたんだからと、読み始めたが途中でやめた。たしかその中に患者の苦悶を目の当たりにして「私は自分が人間であることに耐えがたかった」というような一節があった。

当時熊本大学では毎年三年生が学生だけで模擬裁判という劇をやっていた。ちゃらんぽらんでろくすっぽ講義にも出ない学生だったので目をつけられた。台本作りの委員から「今度公害をテーマにした模擬裁判をやる。おまえヒマそうだから手伝え」というのでＯＫ出したら御用学者の役を振られた。憎まれ役である。「お前ならやれる」と変な励ましを受け舞台に上げられた。劇では観客からごうごうたるブーイングを浴び、「あいつを殺せ」みたいなアンケート回答もあった。「危ない」というのでスタッフが私を取り囲んで会場から引き上げた。「いや〜御用学者、はまり役だったな〜」などと言うヤツもいた。「ちゃらんぽらんなヤツにやらせたのが成功のもとだ」と言ってるのだ。

それから一、二年して今度も「おまえヒマそうだな」と水俣病を告発する会の使い走りのお声がかかった。就職するのはイヤだし、他に何もアテもない学生はアルバイト代わりに引き受けたのだ。

まもなく『告発』という機関誌の原稿もらってこいというので水俣の石牟礼家を訪ねた。夜になっていて、暗い電灯が点った古そうな小さな家だった。家族も多いようだった。その小さな家の片隅に家族に遠慮しているという風情で机のようなものがあって、そこに石牟礼さんと座って挨拶して原稿をもらった。「この人はなんで告発なんかの原稿を書くのだろう」と思った。「何をしてるヒトなんだろうか」。田舎の主婦に違いないが何かしら全然違う主婦なんだな、と。そしてこの田舎の主婦から『苦海浄土』をいただいたのだ。読んで「こりゃやばい」と思った。「人間であることが耐えがたい」などと口走るようなヒトの世界につきあってたらとんでもないことになる。要するにちゃらんぽらんな私としては水俣に一生関わるつもりなどこれっぽっちもなかったのだ。

その後石牟礼さんは天草や九州山地や南島などを走り回っていろんな本を書いていった。私はその後一切本を読まなくなったので、石牟礼さんの本も読まなかった。

そして三、四年前石牟礼さんの所に週に一度行って手足になってくれと渡辺京二さんに頼まれて、久しぶりに石牟礼さんの周りをうろつくことになった。今度も「おまえヒマそうだな」なのだ。石牟礼さんに会うとやがて「ワガママ、気まぐれ、思いつき大明神」という尊称を久しぶりに思い出した。もちろん内密だ。

「あわしま堂の栗まんじゅうが食べたいわねえ」「そうですか」……。「日赤病院の売店に売ってあります」「は、それを買うて来いと?」「はい」

日赤の売店まで車を飛ばす。売ってない。「普通のスーパーにあると思いますけど」と店員さん。この売店はデパートが出してるのだ。「買ってきました」「ありましたか」「日赤にはなかったですよ」「あらまあ」「あらまあじゃないですよ。スーパー何軒かまわったんですよ」「それはご苦労さまでしたねえ」「(ご苦労さまっていうのと違うんじゃないか?)」。声には出さない。

「そろそろきょうは失礼しますが」「ご苦労さまでした」「それじゃ……」「あした池澤さん(作家)が来るのよねえ」「は?」「なにか食事をお出ししないと」「……」「炊き込みご飯がいいかしらねえ」「はあ」「ゴボウとニンジンはあるんだけど」「え?」「あとレンコンとコンニャクがいるのよねえ」「今から買うて来いと?」「……いえ、自分で行きます」。車椅子で? 夜のスーパーへ? 「そんなことできるわけないでしょ」「……できます」「できるわけないですよ。わかりました、買ってきます」

亡くなる前は痩せて声も出ず、体と命の最後の一滴まで生き切った。あのワガママがもう聞けないと思うとたまらなく寂しい。

（あなん・みつあき　石牟礼道子資料保存会事務局長）

多くの皆様に助太刀されて母は生きて参りました

石牟礼道生

母に連れられて水俣の町を歩いて家に帰ろうとしていた。小学校に上がる前の冬だった。途中の道端で商店街の飾りであったクリスマスツリーから役目を終えて落ちていた飾りのベルを拾った。銀紙で被われて上手に出来ていた。幼い頃、工作が好きだった私は大事に両手で隠すように拾い上げた。ところがその光景を見ていた母がいきなり血相を変えて声を上げた。「すぐに手を離しなさい、捨てなさい」と叱った。もうじき警察署があると脅した。おもちゃも三輪車も欲しかったが祖父亀太郎が作ってくれた竹馬で我慢していた頃だった。買ってやれないが拾った物を欲しがるなどとは卑しい精神であると教えたかったのか不憫と思ったのかは今となっては判らない。幼い頃、普段は溺愛されていたのでこのように凄まじく怒られたこのことだけは今でも鮮明に覚えている。意にそぐわぬことには激しい反応を示す母だった。その時の母の迫力に圧倒されて銀色のベルを足もとの側道に丁寧に置いた。

激しく叱った沈黙の後、途中の町角に本屋があった。その店に立ち寄り母も本の背表紙を見やりながら私の動きにも気を配ってくれていた。私が見つけた『子供の科学』と言う雑誌を買っても良いと言ってくれた。この雑誌は私にとって思いが深い。小学四年から五年に上がる頃だった、胸に影があると診断された。栄養を取り安静が完治の早道と医者に言われ、母は私に順守を命じた。その雑誌を読み、付録の部品で鉱石ラジオを作って退屈を紛らした。遊び盛りだが身動き出来ずやるせない治癒までの一年間をこの雑誌に助けて貰った。

その『子供の科学』を母に破り捨てられる事件が起きた。家では母は私に安静を命じておいて天井を見上げてなにやらつぶやきながら書き物をする。そうなると周囲のことが目に入らなくなる。知らぬ顔をされたと不満を覚えて母の手元の原稿を私が先に破り散らしたことに対する仕返しであった。私が破り捨てた原稿を拾い集めて繋ぎ合わせる母を見て大変なことをしたと泣きながら詫びた。それ以降、優しい母を悲しませてはいけないと誓った。

機嫌が良いと小声で歌いながら料理を作る母だったがいざ書き始めると没頭する。うわごとを言ったかと思えば、文章に当てはめる言葉が探し出せないともがいていた。それ以外は母の実家の隣で祖父、白石亀太郎がこさえてくれた小屋のような家で親子三人幸せな暮らしだった。訪問者や近しい人が日々集い、飲み食い歓談し時には激論に及ぶこともあったが祖父や祖母も溶け込み犬や猫もまじりあう牧歌的な暮らしであった。私が高校生の頃までは。

普段は優しい母が突然、「東京へ行く」と言い出した。私としても進学のことやそれなりに青春の頃の悩みもあった。「大人になれば解かる時が来る」と言いながら「ほんとうの悲しみと言うことが解かるかおまえに」と何もこんな時に言わなくても良いではないかと思ったがそれ以上、何も問えなかった。母のただならぬ気配を私なりにその時感じた。「今、私はしんからおまえに伝えておきたいと思っていることがあるのよ」とも言い出した。父母から劣性の能力と感性しか遺伝しなかった私でもこのような「もの言い」の境地に立ち至った時の母の凄味だけは感じることが出来ていた。高群逸枝様のご主人、橋本憲三様に導かれての「森の家」訪問は母にとって重要な契機となったと自ら記しているが父にも私にとっても大きな衝撃であったし今後のありようの契機となった。

数年が経ち私が名古屋で学生生活を送るようになってからも母からの電話や手紙は継続した。卒業してそのまま名古屋で就職し所帯を持って暮らし始めた頃、母から電話があった。「色川大吉、鶴見和子さんにお願いしたら水俣まで来て下さることが決まったのよ」「学術者に外側から現実の水俣を見て頂くことになった」「助太刀に来て下さるのだからお前も手伝いに来なさい」と言い出した。母は思い付いたら周囲の都合などまるで意に介さないところがあった。「礼を尽くしてもてなす」のだと興奮していた。「魂入れ」の為だった。得意の料理も実家総動員して臨むと意気込んでいた。母は「義によって助太刀を致す」との心意気を持たれる人がこよなく好きだった。本田啓吉先生、原田正純先生を失った時の母の悲しみようがただならぬ様相であったことを思い出す。三年前に父、弘を送った。多くの作品を書き残してこられたのは「父さんのお陰だね」と生前の母に言った。「ほんとうだね」とうなずいた。

父は見事に夫の役目を果たしました。父には睦子、母には妙子と言うそれぞれ妹がいます。私の叔母であるこの二人に父と私は「妻」と「母」の役割を何十年ものあいだ務めてもらいました。この二人の叔母に私は一生頭が上がりません。

母が亡くなった後に追悼集や特集号が続々と出版されています。これほどの評価を頂いていることに戸惑いながら光栄でもあり大変に恐縮致しております。出版社、雑誌社、新聞各社の編集ご担当者様、個人的だがとの読後感や母への深い思いをお手紙に寄せて頂いた皆様方、これまで母の傍に寄り添い支えて頂いたすべての皆様にこの場をお借りして無限の感謝をお伝え申し上げます。

山本哲郎、淑子先生ご夫妻には数年間に及んで命を繋いで頂きました。「ワガママ、気まぐれ大明神」だったが「体と命の最後の一滴まで生き切った」と『熊本日日新聞』に書いてくださった阿南満昭様の一文を拝読しその通りだったねと親族一同でうなずきあいました。

母はこれまで多くの皆様にまさに「助太刀されて」生きて参りました。患者さんや支援者の皆様からは逆に母の方が支えられました。

渡辺京二様、梨佐さん、そして晩年、母が最も信頼しワガママにお付き合い下さった米満公美子さん、その助太刀は私までも救って頂きました。お名前を挙げれば際限がございませんが『苦海浄土』として講談社から出版に至るまでの大変な助太刀を頂いた上野英信、晴子ご夫妻にこの場をお借りして感謝の気持ちをお伝えしたいのですが今となっては叶いません。ひたすらご冥福をお祈りするばかりでございます。

今はもう皆様からの「のさり」を懐に抱きながら天空を「たかざれき」していることでしょう。もう悶えないでゆっくりやすんでください、母さん。

平成三十年五月

辻信太郎様からご連絡を頂きずいぶん逡巡致しました。気鋭の皆様が執筆されている『道標』に一文を寄せるなどとは恐れ多いことだと。しかし皆様に息子としての気持ちをお伝えする機会を提供して頂いたことに大変感謝致しております。

母が皆様にお世話になりましたこと、心からお礼を申し上げます。

有難うございました。

（いしむれ・みちお　石牟礼道子長男）

石牟礼さんの最期の一つの記録

大津 円

二〇一八年二月九日（金）

九時半に職場の水俣エコハウスに出勤。掃除を終わらせ同僚のSさんと打ち合わせ中に携帯電話が鳴る。渡辺先生だ。明日の石牟礼道子資料保存会のことかなと出ると、「あのね、石牟礼さんがね、危篤なんだよ」。息が止まった。いつかそんな時が来るとは思っていても、その時は突然すぎる。

二週間前にお訪ねしていた。お顔の様子も悪くなさそうでほっとしながら、夕飯をご一緒した。「あなたもどうぞ」といつものようにご自分のおかずを取り分けようとされるので、「石牟礼さんが召し上がってください！」「全部は食べきらんですもん。残せばもったいなか、食べて下さい。私はこれば食べます」と苺色のデザートを召し上がっておられる。「食べごしらえ」気分には遠い茶色や緑の流動食を食べる気にならないのと、残すことの申し訳なさの隙間から、残った食事が下げられた後でも「もったいなかことばしたな」と独り言のように洩らされる。

お別れ際には、「今度はお昼に来なさるとよかですね。夕方は今日みたいに具合が悪い時が多いから。お昼ご飯ば一緒に」と仰り、「ええ、是非そうさせてください！」と嬉しくやり取りしたのだ。だから、明日のお昼には何を持って行こうかな、石牟礼さんが喜んで食べたくなるようなーーなどと思っていた。

「水俣だし、遠いからわざわざ来なくていいですよ。明日は出て来るんでしょう？　じゃあその時に」。電話が終わって、Sさんの所に戻って「石牟礼さんが……」と発した途端、涙が出て言葉が続かない。「行かなくていいんですか？」。目の前の現実を呑み込めず、私は黙ってその日の作業を始めた。庭木のもみじの剪定。裸木の樹形を見ながらどこを切ったらいいかSさんと確かめ進めていく。混乱した頭が少しずつ思考を取り戻し、石牟礼さんのもとへ行くことを決める。

二時頃、石牟礼さんが入居される介護付き高齢者住宅「ユートピア熊本」に入っていくと、顔なじみの記者の方が憔悴した様子でロビーにおられ、現実感が迫ってくる。

何か苦しそうな呻くような声が聞え、ドキリとしながらお部屋のドアを開けると、部屋を占める机のドア側に腰かけた妹の妙子さん、窓際のベッドに石牟礼さんの横たわる小さな姿、そのお顔の前で椅子に沈み、石牟礼さんと向かい合っておられる渡辺先生の背中が目に飛びこんできた。

苦しそうなお声は渡辺先生の「ありがとー」と言う声だと解ると、私はもう言葉を失くして突っ立っていた。石牟礼さんからは言葉での応えはないけれど、石牟礼さんと渡辺先生の間に交わされる、忘れがたい、ひとりとひとりの対話。深いひかりが静かに湧いている。

石牟礼さんのお側に歩み寄ると、渡辺先生が振り返り、「ああ」と我に返るように立ち上がられ、手ぶりで「お座り」と席を替わってくださる。初めて石牟礼さんのお顔が目に入る。目は閉じられ、口を開けて息が苦しそうだ。「石牟礼さん。石牟礼さん」、お呼びする。

おもいばかりが交錯する私の背後で、やがてぽつぽつと交わされる渡辺先生と妙子さんのお喋りが、日常と非日常を、生と死を繋いで、私は息を続けられる石牟礼さんをただただ見つめていた。

「道生はまだ来ん。三時には着くはずばってん、何ばしよっとだろか、あん子は」。妙子さんがご自分に独り言。「道生君を待ってるんだねえ。昨日はあんなに苦しそうでもう駄目だって言われてたのに。よかった、よかった、間に合いそうで」。渡辺先生がしみじみと言われる。

やがて三時過ぎに道生さんが到着され、皆さんで話しているうちに、主治医の平田先生が入って来て石牟礼さんの様子をご覧になる。「強かですねー」と驚いていかれ、皆にふっと可笑しみが走る。それが石牟礼さんだ。

疲れ切ったご様子の渡辺先生は、それでも今後のことや記者さん方のことを世話し、「あなたは今夜はどうするの?」と私にまで気をかけてくださりながら、夕方に倒れるように帰っていかれた。

　姪御さんのHさんが水俣から到着。「道子さん、この前食べたかって言っとった蓬餅《ふつもち》ば持ってきたよ。寝とったら食べられんもね。道子さん、起きんとねー蓬餅ばい」。目を閉じ、苦しそうに息をし続ける石牟礼さんに、水俣のお日さまが射すようにHさんが話しかける。

　お部屋にはご家族だけとなり、失礼しなければと動くに動けずにいる私などの存在を大して気にもせず容れておくような、石牟礼さんのお側に居させていただいた年月いつも感じていた懐を、道生さんと妙子さんも野原のように広げておられ、そのまま居続けてしまう。一生に二度とは開かれない扉をくぐって、この先、最期までお側に居ることになる。

　仕事帰りの米満さんが到着。「きつかですねえ」と、布団を整えたり、パンパンに腫れている右手の甲をさすって、無言の石牟礼さんとお話しする米満さん。自分のではなく、相手へのおもいで溢れるいつもの声や手付きに触れると泣けてくる。

　渡辺先生が道生さんに話しにもう一度来られるということで、その間妙子さんとHさんに誘われ道向かいのファミリーレストランへ食事に行く。八時頃に部屋に戻り、それからは道生さん、妙子さん、Hさん、米満さん、私の五人で過ごした。

　その頃には、石牟礼さんの呼吸が静かになり、一見落ち着かれたように見えた。しかし夜勤の看護師さんは、こういう時が危ないから見守ってあげてくださいと言われる。「声は聞こえておられますよ」。熱も九度近くある。時々、目を開けようとするように瞼が動くが、開くことはない。妙子さんが指で加勢して、「見えるねー」と話しかけたりされる。

「また今度も何もなかったごつ元気になるとじゃなかろうかって思ってしまう」、「ほんとですねえ。私も信じられません」。そんなやり取りを交わすくらい、容体は落ち着いているように見え、時間とともに熱もピークを過ぎ、看護師さんも血圧は下がっていないと言われる。

見守る側に少し疲れが出始め、道生さんがテレビを付けると、ピョンチャンオリンピックの開会式が行われていた。色とりどりの華やかで人工的な演出が画面の向こうで繰り広げられていく。それを見ている妙子さんたち、静かに息を続けておられる石牟礼さん、その傍に居る自分……この世の重層性に目まいがしてくる。

そんな状況で石牟礼さんの傍に座り、ずっとお顔を見ていたが、不意に目を開かれたのだ。ぱちっと目が開き、私はおもわず大きな声が出る。皆さんが寄って来て石牟礼さんを囲み、「お母さん！」「姉ちゃん！」「道子さん」と呼び掛ける。何かを言いたそうに口も開いて動かされるが、言葉にならない。「何か言いたかとばいねえ」「何てな？　姉ちゃん」……最後に言葉を聴きたい。残される者のおもいのなかで、石牟礼さんはまた目を閉じられた。

一〇時をまわり、もう二晩休まれていない妙子さんを心配して、米満さんと看護師さんが一旦ホテルに行き休まれるよう勧める。道生さんがお一人残られることになった。

妙子さんとHさんを車にお乗せして県庁前のホテルへ。道生さんがご自分に取っておられた部屋を使うようにしてくださり、それぞれの部屋へ。シャワーを浴びて横になったがとても休めそうにない。

二月一〇日（土）

一時頃、部屋の電話が鳴り飛び起きて出ると、フロントから「甥御さんから連絡がありまして」というようなこと。部屋を間違っての妙子さんへの連絡だなとピンと来てそのように伝える。急いで身支度を整え全身を緊張させていると、慌ただしくドアを開ける近くの気配に私もドアを開ける。妙子さんとHさんが出ていかれるところだった。後先考えずに「お送りします」と一緒についていく。

深夜の市街地を走る。二時間足らずで石牟礼さんのお部屋に舞い戻ると、打って変わったご様子に一瞬立ちすくむ。「姉ちゃん！」と妙子さんが駆け寄る。頬が窪んで顎ががくっと落ち、先ほどまでとは明らかに様子が違う。看護師さんが声をかけながらこまごまとお世話をされている。はっきりとは覚えていない、石牟礼さんが再び目を開けられた前後のことは。思い出すのは、一心に呼びかけるみんなの背中、「お母さん！」、ひときわ胸を衝く道生さんの声。それらの声に、石牟礼さんは涙の滴で応えられたのだった。

最期は、あまりに静かで、少し離れた所から見守っていた私には「今、息を引き取られた」ということが、その変化が分からなかった。腰掛けて診ておられた看護師さんが、石牟礼さんに穏やかに話しかけていたのと同じ調子で、「呼吸が止まりましたね」というようなことを言われた時、すーっと、何かがすーっと引いて行った気配を感じたが、今思えば、生と死の境目をとても自然に渡っていかれたのだと思う。

それから「心臓も止まりましたね」ということを言われるのを、ぼんやりと聞いていた。振り返って壁の時計に目をやると、二時二〇分を少し過ぎていた。

「先生が診断された時刻が死亡時刻となります。平田先生に連絡してきますのでこのままお待ちください。動きがあると記者さん達が察して大変になると思います。先生の診断があるまではどこにも連絡しないでください」。そのようなことを言われ看護師さんは出ていった。

これからどうするか、連絡しないでと言われても渡辺さんにはお伝えしなければと、机の周りで話し合っておられる道生さん達から離れ、私は石牟礼さんの横に座っていた。静かだ。

石牟礼さんのもとに通うようになった八年程前、休まれている寝顔が、石牟礼さんが描かれたお母さん、はるのさんのデスマスクにそっくりだったのでドキッとした記憶が残っているが、今のお顔は、柔らかなはるのさんのとは異なるしんしんとした静けさを湛え、美しかった。

「石牟礼さん、死とはこんなにも静かなものなのですね。最後にこんな秘密を教えてくださって、石牟礼さん、私は生きていけそうです。ありがとうございます。石牟礼さん……」

やがて、ひたひたと、石牟礼さんのお顔の周りに波が、青い波が寄せてくるのが見え始めた。ひたひたと、ひたひたと。幻覚だろうか？　かねがね「額の生え際は原初の渚で、波が寄せとります」と、指でその辺りを触っておられたが。私の戸惑いをよそに、透き通る青い波は静かに寄せ続け、私はただ耳を澄ませ、見つめていた。生き切った石牟礼さんが、すっと波に乗って、船出されていく。

「石牟礼さーん」。水俣に暮すようになって、その渚辺に立ち、石牟礼さんをお呼びすることが時々あるが、今は石牟礼さんの浜辺に立って呼んでいた。「あなたもはいって下さいますでしょうか……わたしの浜辺の葦むらのなかに」。詩にもなって語りかけておられる、その渚。

この前お訪ねしたとき、すっかり痩せた細い腕を大きく振って見送ってくださった石牟礼さんのお姿がまな裏に浮かぶ。原初の渚から、この世のすべてのものに手を振っておられるような、招いておられるような、そんな気がした。

平田先生が到着され確認される。死亡時刻は三時一四分。死因はパーキンソン病による急性増悪ということであった。

それから健軍の葬儀社の一室に移ったのは何時頃だったろうか。明るんできていたと思う。妙子さんとHさんをお乗せし、石牟礼さんと道生さんが乗る車についていく。雨だった。

真宗寺の住職の薫人《ふさと》さんが七時半頃かに来られ、安置されている石牟礼さんのお顔を撫でて挨拶される。「ああ、石牟礼さん！……まだあたたかいような感じですね」。

枕経に正信偈《しょうしんげ》をあげられる時、私は思わず一緒にあげさせてもらっていいか尋ねていた。思えば、九〇代の祖母と二人で暮らしながら、真宗寺と石牟礼さんのもとへ通った日々が今の私の始まりだった。

祖母が亡くなり、事情あって僧侶を頼めなかった時、お寺で覚えた正信偈を自然と枕元であげたのは、真宗寺での清々しい空気と、大切な方の枕経を石牟礼さんがあげておられたということに教えられてのことだった。

ここまできたら、最後まで石牟礼さんをお送りしたい。「もちろん、いいよ」と薫人さんが経本を貸してくださり、薫人さんの落ち着いた力づよい読経についていく。無心になって声だけになり、二つの声が二色の色になって石牟礼さんの魂と帆走する景色を私は見ていた。

二月一二日（月）

今日は石牟礼さんのお葬式だ。一〇日は昼まで石牟礼さんのもとに居り、驚くことに休むことなく開かれた真宗寺での資料保存会に参加して、水俣へ帰ってきた。

保存会で、「石牟礼さんは最期は苦しまなかったんでしょう」と尋ねられた渡辺先生に、「はい！まったく苦しまれずに、もう本当に静かに」と勢いよくお答えしていた。そうお答えできることだけは嬉しかった。大切な人が苦しむ姿を見るのはとても苦手だと常々洩らされていたから。

「ああ、それはよかった」と、心から呟かれた。

一一日、一二日と、真宗寺に移って執り行われることになったお通夜とお葬式に出席する余力はもうなく、また出る必要も感じないほど、石牟礼さんの最期をお供させていただいていた。

思い立って、天草へ渡る。二月の曇り空の下を鹿児島県の長島まで車で走り、天草の牛深行きのフェリーに乗る。一一時二〇分出航。今ごろ葬儀が行われているところだろう。

石牟礼さんの最後のお見送りをするのは不知火海の上がいい。低く雲が流れ、その隙間から冬の陽が鋼《はがね》色の海に射し込む。島々を浮かべた遠くの海面《うなも》が白銀色に照り返り、静かな道ができる。ああ、還ってゆく、空へ、海へ。

出棺の時刻には、天草島へ降り立っていた。石牟礼さんの生まれ里。私の育った地。天草のことを、現世を超えた懐かしさで想われていた。

「帰ってきましたよ」。その地へ石牟礼さんをお連れして、私の旅は終わった。

（おおつ・まどか　パート）

石牟礼さんの死を想う

佐藤薫人

二月十日の未明に石牟礼さんが亡くなったという連絡を受けお会いしに行くと、まだ頬も赤く温もりがあった。そしてその身体にはいまだ魂は残っているような気がした。

手を合わせ『正信偈』をお勤めすると、不思議と石牟礼さんのお顔が笑っているように見えた。

私が小さい頃は、まだ石牟礼さんはお寺の隣に住んでおられ、しょっちゅうお寺には出入りをしておられた。私がいうのもなんだが、どこか抜けててかわいらしい人であった。

私が中学生になる頃には住まいを湖東に移され、そこにはよくお邪魔していた。というのも、石牟礼さんの執筆活動を最期まで支えておられた渡辺京二さんに、当時私は石牟礼さんのお宅で英語を教えてもらっていたからだ。京二さんいわく「何人も英語を教えてきたが一番ダメだった。集中力が三十分しかもたんかった」というのが当時の私だったらしい。京二さんには申し訳ないが、英語の勉強の時間は確かに苦痛でしかなかった。しかし石牟礼さんと京二さんと三人でいる、その場の空気というか、そこに流れる時間がとても好きだった。

ただ、一度だけ石牟礼さんにくって掛かったことがあった。いつものごとく早々に英語の勉強に飽きて、石牟礼さんと京二さんと三人で話をしている時だった。どのような話の流れだったかは覚えていないが、石牟礼さんが「一度日本という国は滅んだ方がいいのかもしれませんね」と言われたことがあった。その言葉を聞いて、「これから生きていかなければいけない若者を前にそんなこと言わないでください」と強く反発したことがあった。その時、石牟礼さんは「それはそうですね」と声をあげて笑い出され、ついついつられて私も一緒になって笑ったことを覚えている。当時の私は、石牟礼さんが言われたその言葉の真意をまるで分ってはいなかったが、その時の石牟礼さんの姿は今でも忘れ得ない石牟礼さんとの大切なひと場面である。

大人になってからはお会いする機会も少なくなってしまったが、会う度に「まあ、よか青年になりましたね」と言って下さった。そして、幼子を見るかのようにいつも微笑んで下さった。石牟礼さんという方は、日常の中にあって日常ではない時間を生きておられるような人であったように思う。私にとっての石牟礼さんとは、作家としての石牟礼道子というよりも、そんな特異な時間を与えて下さる人であった。

最後にお会いしたのは亡くなられる五日前だった。最初の内は目を見開いて、ただこちらの声に耳を傾けておられる様子だったが、帰る間際に意識がはっきりしてこられ、「また来て下さいね」と最後までこちらに手を振って見送って下さった。

亡くなられた後、真宗寺のお御堂にお連れし、通夜と葬儀を勤めさせていただいた。棺には石牟礼さんが着ておられた紺色の着物をかけ、祭壇には石牟礼さんが好きだった椿の花を供えさせていただいた。そして葬儀の時には石牟礼さんが三十年ほど前に真宗寺のために書いてくださった「花を奉るの辞」を読ませていただいた。今まで幾度も読ませていただいてきたが、この日は石牟礼さんの言葉が私の身体の奥底から、深い深い魂の源から湧き出てくるような感覚だった。そして石牟礼さんの魂はその言葉の一つひとつに宿って、お御堂に集った方々の中に還っていかれたような気がした。

葬儀の日は熊本ではめずらしく朝から雪が降り、その真っ白な結晶たちはまるで石牟礼さんのいのちを慈しむかのようだった。


（さとう・ふさと　真宗寺住職）

ドン・キホーテとしての石牟礼さん

辻 信太郎

不朽の名著『ドン・キホーテ』。岩波文庫では六巻もある。私は岩波少年文庫で読んだ。読みも読めもしないがスペイン語版、英語版も持っている。それは何故か。私がこれまで読んだ中で最高の小説は『ドン・キホーテ』であると、ことあるごとに表明しているからだ。数々のエピソードの面白さ、登場人物のキャラクターの素晴らしさなど、あげていけば限《きり》はないが、一言で言えば、あるべき人間の姿がこの書物には描かれていると思うからである。私にとって最大の読みどころは、従者サンチョ・パンサをはじめ、親族や村の人たちを前に死の間際のドン・キホーテが、正気返りして、これまでの振る舞いを詫びる場面である。サンチョは「旦那様、そんなこと、言わないでください。また旦那様と、一緒に旅に連れて行ってください」と言ってドン・キホーテに泣きすがる。周りの皆も皆、同じ気持ちだ。

石牟礼さんがなくなって寂しい人を、自分自身を含めて何人も知っている。皆、そんな石牟礼さんがいなくなって寂しいのだ。ここで、石牟礼さんが挑んだのは、強大な風車などではなく、近代という人類の病であったとか野暮なことを言わないでほしい。

石牟礼作品、そしてご本人との出会いは、私が二十二歳の時で、やがて四十年近く前のことになる。渡辺京二先生のご紹介である。

「石牟礼道子さんを知っているかい?」

「いいえ」

「じゃあ『苦海浄土』という小説を知っているかい?」と尋ねられ、私は「知りません」と、平然と答えなければならない人間だった。

「そうかい、それは読んでおかないといけないね、せっかく熊本に住んでいるのだから、そのうち紹介しようと思っているからね」と言われ、すぐに書店に行くと、あの干乾びた大地の表紙が目に入った。

簡単に見つけた喜びもあって、帰宅してすぐにページを捲ったが、あまりの恐ろしい内容に、読み通すことはできなかった。

書店に行けば、石牟礼さんの著作はたくさん並んでおり、次に手にしたのは『西南役伝説』だった。こちらは少し読めた。渡辺先生に「『西南役伝説』は少し読めましたが『苦海浄土』は恐ろしくて、読めませんでした」と私は報告した。先生は「そんなことはないだろう、どこが恐かったかい、恐い小説ではないけれども……」と言われた。私がうまく説明できずにいると、まあいいか、よし、よしというように肯いておられたように記憶している。

実際にお目にかかると、優しい方という第一印象だった。その後も、印象が変わることはなく、私にとっては、優しい、優しい石牟礼さんだった。思い出をいくつか紹介させて欲しい。

就職後三年ほど経って大学院に行きたいと、私が突然言い出したときのことである。渡辺先生が英語を教えて下さったのであるが、石牟礼さんの仕事場で、仕事の合間に教えていただくことも多かった。出来の悪い私に、先生は「このくらいのことは一度で覚えなくてどうする」「辞書を引くときは十秒くらいでは辿り着かないと集中が切れてしまうだろう……」あるいは「長い文のときは、まず文型を捕まえるんだ……」「asの用法は……」といった調子で指導してくださるのであるが、私と来た日には、先生の絶妙な解説に、すっかり解かった気になってしまい、復習を疎かにし、理解したことが身につかなかった。「馬鹿は死ななきゃ治らない」である。それでまた同様の説明をしてもらうことになり、先生の苛立ちも増してこようというものだ。二時間ほどの個人指導が終わると私は疲れ果てた。そして自分は何故、こんなに覚えが悪いのだろう、と下を向いていると、石牟礼さんは、そっと「あなたと渡辺さんを見ていると、教える者と教わる者のあるべき姿のように感じます」とおっしゃるのだった。自分があまりに出来が悪いのも忘れて、嬉しさがこみあげ、私は、よし、また頑張ろうと思うのだった。石牟礼さんに「はい、頑張ります」というと、微笑みながら「頑張らんば、いかんですね。先生もあんなに熱心に教えてくださいますからね」と言われた。

また、こんなこともあった。石牟礼さんが私の職場のことなど、お尋ねになるので、こちらは安心しきって勝手気ままにお答えしていたのだが、ある時、私が悩みのようなことを言ったのか、こう言われた。

「あなたは大変だと思います。渡辺さんや山本さん（山本哲郎・熊本大学医学部教授のこと）のような大人と出会ってしまうと、大抵の人は物足りなく感じるでしょうね。それはもう、仕方のないことです。較べたりしたらいかんですね……」

と、心配するように言われた。私は思い当たることだらけで、恥ずかしさで身が固まった。

石牟礼さんや渡辺先生とドライブにいくこともあった。初めてのそれは九重だった。いつものように優しい普通のおばさまで、木々の様子や遠くに見える稜線の様子など、風景について、先生に質問しておられたかと思うと、突然「あっ」と声を上げられ、「今のは何だったでしょうか」と、ちょっと気になった道端の風景について思ったことを語られたりした。渡辺先生は「そんな声をあげたら辻君がびっくりするじゃありませんか、辻君、気にせずに運転していいからね」とおっしゃる。ドライブはいつもこんな調子で、先生方の会話を聞きながらの運転は楽しかったし、景色も違って見えるような気がした。

しかし石牟礼さんが『春の城』を新聞に連載中、島原までご一緒したときは原城跡で「ここです、ここに村人が折り重なって死んどります」と声をあげられた。石牟礼さんは作品の世界に完全に入り込んでおられた。しかもそのようなことはこの時ばかりではなかったことを、同行した新聞記者など何人もの方から聞いた。

私の勤務中の出来事もある。大雨が降った後、当時、下水処理場勤務だった私が、水防勤務で市内一円の巡回に出ていたとき、近道をしようと真宗寺の裏を通ったときだった。道の真ん中に立って真上にある大木を眺めている石牟礼さんに出会った。私は石牟礼さんだと気がついたが、運転している同僚はもちろん知らない。けれども彼は自然にスピードを緩めた。クラクションも鳴らさない。いつもと違うのである。もう一人も「鳴らすな、鳴らすな、驚いて、ひっくり返られたっちゃ困るけん」と言う。一分かそこら待っていたが石牟礼さんは気がつかない。私は窓を開けて「石牟礼さん」と呼びかけた。

私に気がついた石牟礼さんは昨夜からの雨のことを思って言われた。

「ひどく降りましたね」

「はい、昨日から出動していて、いま職場に帰るところです」

「まあ、大変ですね」

「何を見ておられましたか」

と伺うと、突然あの高い声で笑い出されたのだった。

しばらく笑っておられたが、やっと笑いがおさまると、その訳は語られずに
「邪魔になりましたねぇ」と車の中を覗き込むようにして言われ、道を空けられた。

「失礼します」と言って車を出すと、運転していた同僚が言った。

「いまの人は普通の人じゃなかろう」

「わかりますか」

「わかるたい、雰囲気の違うもん」

「作家の石牟礼道子さんです」と言うと「知らんばってん、普通じゃなかとはわかる」と言ってアクセルを踏み込んだ。

普通であれば、私が話し込んでいるときに「早よ行くぞ」などと急かすのだが、このときは黙って待ってくれたのである。同僚は、石牟礼さんには違う時間が流れていると感じたのだと思う。

石牟礼さんの笑いの訳は、その次にお会いしたときに教えて頂いたが、憶えているのは「あなたの仲間に聞かれたら恥ずかしいと思ったので、あの時は言いませんでしたが……」と言われたことだけで、訳は憶えていない。そして横で渡辺先生が「何ですか、それは」と笑っておられた

姿だけが印象に残っている。つまり、その場の楽しい雰囲気だけを私は記憶しているのだ。

しかし厳しく怒られたこともある。それは『道標』の編集を巡ってのことだ。いま、思い出しても気持ちが暗転する。よりによって石牟礼さんからご寄稿いただいた短歌を誤植してしまったのだ。申し訳ない気持ちで押し潰されそうになりながらお詫びを申し上げると「もう少し、日本語を勉強した方がよかですね」と小さな声で、しかし強い声で言われた。もう『道標』編集はお払い箱だ、私の学力では所詮無理な仕事だったのだ、と思い、表情を曇らせる私に「そんな顔、しないでください、あなたの代りはいないのですから」と言われた。

これをプレッシャーというのだ。それから暫くの間、会う人ごとに、「元気がないようですが……」「どうか、しましたか……」と声を掛けられた。

立ち直るために決心した。怒られるのは自分の所為だから仕方ないとして、三回、もう来なくてよい、と言われるまでは、頑張り抜こう、と。

そんな石牟礼さんは、もういない。


（つじ・しんたろう　熊本市役所職員）

対話

浪床敬子

「いま聞けることは、聞いておいてください」

いく度となく言われたが、果たして聞くことができたのだろうか。思えば、私が聞きたかったことに一度も明確な答えは返ってこなかったような気がする。インタビューや取材は、いつしか石牟礼さんが語りたいことを語り続けていて、私は必死にメモを取っていた。私の問いかけなど大したことではなく、石牟礼さんの中からあふれ出る言葉や世界観の方が、深くて大きな意味を持っているように思えた。

「精霊って今もいるんでしょうかね」

「セイレイ?」

「はい、精霊です」

いきなり聞き慣れない言葉に戸惑った。頭の中が混乱し、全身から汗が噴き出す。

「セイレイって、精霊のことですか？」

「はい」

やりとりの間もずっと石牟礼さんはノートに何かを書いていて、目線は下を向いたままだ。深まっていく沈黙を取り繕うように、頭の隅々から記憶や言葉をかき集める。

「えーと、あの……。私の祖母は毎朝、炊事場に炊きたてのご飯と水を供えて手を合わせていました。『ここには水と火の神さんがおる』って。私も子どものころはそう信じて、横で一緒に手を合わせてました。母は今も毎朝やっています。昔に比べると、ずいぶん少なくなったと思いますが、まだいるんじゃないでしょうか」

ふいに石牟礼さんが顔を上げ、驚いたような表情でこっちをじっと見る。私も自分から出てきた言葉に驚く。

「ああ、そうですか。まだいますか。そうですねぇ、まだいるかもしれませんね」

これが初めて会った時の会話。私は見たこともない精霊の姿や、精霊が棲む世界を空想していた。その世界を自然と受け入れていた幼いころの自分と、なかなか受け入れられなくなった今の自分を比べた。そして、精霊という言葉さえ聞かれなくなった今の時代を思った。

以来、七年近く頻繁に石牟礼さんに会いに行った。大半は仕事というより、時空を超えてどこへ向かうか分からない対話をするためだった。道端の石ころにまで命を吹き込み、言葉を与える石牟礼さんは、しがらみやこだわりなどにがんじがらめになっている現実からしばし私を解き放ち、異次元の世界にいざなった。これが石牟礼さんの言う、「もうひとつのこの世」への入り口だったのか。

昨年〔二〇一七年〕一一月上旬のこと。救急病棟に入院中だった石牟礼さんを見舞うと、点滴の管に繋がれ、手には緑色の医療用グローブがはめられていた。体調不良と発作に加え、手が使えないなど我慢ならないという、不安と怒りに満ちていた。

「これを……これを……外してください。お願いです……」

両手を必死で差し出されたので、看護師に尋ねに行く。

「これをはめていないと、すぐに点滴の管を抜かれるんですよ」

パジャマのあちこちに、点滴を抜いてしまった時に付いたと思われる血液がにじんでいた。

「もう抜きません……」

「じゃあ、この方がおられる間だけ外しましょう。帰られる時はまたおっしゃってくださいね」

グローブを外してもらうと、石牟礼さんが深い呼吸を一つ。次第に顔に赤みが差し始める。

「いま頭の中に浮かんでいる風景を書いておきたい……」

「点滴しているし、今は難しいんじゃないですか」

「難しゅうはなかです。いま書いとかんば忘れる」

全神経を集中させないと、聞き取れないぐらいの音量だったが、意志の固さだけは伝わってきた。ベッドを少し起こし、バッグから取り出した紙とペンを手渡す。弱々しく、かすれた線がすっすっと伸びていくが、何を書いているのかは分からない。

「ここに大きな湾のごたっとがある。海がきらきら輝いとる。このへんが岬」

「これはどこですか」

「水俣と津奈木《つなぎ》の間ぐらい。こっちが水俣、こっちが津奈木。こっちが天草。ここに舟がある。こっちが大廻《うまわ》りの塘《とも》。ここに大きな真っ黒い猿がのっしのっしと歩いている。人間より大きい。私が猿を通せんぼしとる」

「黒い猿は何ですか」

「何でしょうかね」

「夢で見たんですか」

「夢じゃなかです。現実にあった。この辺りに段々畑がびっしりあって、石垣が続いとる。私はこの風景を深く思っています。忘れんぞと思いました」

思わず尋ねる。

「石牟礼さんの中の水俣は、きれいかですか」

「……。きれいかちゅうより哀切ですね」

やがて料理をしたいと話し始めた。

「百間の近くに魚市場があって。まだありますかね？　もしあるなら、行きましょうか」

「今度、行きますか」

「はい、行きましょう。鯖ば買うて。ああ、赤みそば買わんば。ショウガとにんにくも買うて。強火で炊かんばいかん。煮付けにして食べたい。かぼちゃとなすびも買うて」

「退院したら、料理しましょうか」

「はい。いつもお世話になっている人たちに食べさせたい。煮付けのおつゆはよか出汁の出る。取っておいて、御飯の味付けに使いたい。そのおつゆでかぼちゃとなすびも炊いて、そして新鮮なニラば買うて、最後に彩りに入れる。おいしそう。水俣でよう作りよりました。いつもベッドの中で献立ば考えとります。ちょっと、お水ば飲みたい」

「とろとろのお水じゃないと、むせるんで、もう少し待ってください。お昼御飯と一緒に看護師さんが持ってこられますから」

「いつも遅るっとですよ。まあ、遅るっとは、私の方が天下一品」

配膳を待つ間、「月の砂漠」を歌いたいと言う。

「月の……砂漠を……はるばると……。ああ、歌えない。声の変質して出らんとですよ。節が違う歌になってしまう。あなたは、月の砂漠は知っとんなはりますか」

「知ってますよ。月の〜砂漠を〜、はるばると〜、旅のらくだがゆきました〜」

石牟礼さんも一緒に歌い出す。途中で歌詞が分からなくなる。スマートフォンで検索し、倍賞千恵子が歌う「月の砂漠」を耳元に近づけて流す。病室に高い歌声が響く。

〈月の砂漠をはるばると
旅のらくだがゆきました
（中略）
広い砂漠をひとすじに
二人はどこへ行くのでしょう
おぼろにけぶる月の夜を
対のらくだはとぼとぼと
砂丘をこえてゆきました
だまってこえてゆきました〉

「おお、上手。昔よく歌っとりました」

「なんで、この歌なんですか」

「それは歌詞の中にあります」

まもなく配膳が来る。

「お食事が来ましたよ」

「ああ、良かった」


一週間後、再び見舞う。声は相変わらず小さく聞き取りにくい。

「……誰かが……来とる」

「どこにですか」

「カーテンのところ。誰だろか……。男の人」

「開けてみましょうか」

「はい」

カーテンを開ける。

「誰もいませんよ」

「ああ」

今度は手を伸ばし、何かをつかもうとするような仕草をし始めた。

「どうしたんですか」

「誰かが……私の手を引っ張る」

異次元の世界にぐいっと連れて行かれる。

「誰ですか」

「……わからない」

「弘さんですか」

「違う」

「渡辺さんですか」

「違います」

「亀太郎さんですか」

「……わからない」

「誰か会いたい人がいるんですか」

「誰も会いたくない。前世の私に会いたい。いろいろと話したいことがある」

人さし指で宙に何かを描き始める。

「ここが私のいる熊本市。ここが水俣。ここが天草。とても遠い」

石牟礼さんの指が描こうとしている地図をじっと見つめる。

「天草の……天草の見える水俣に行きたい」

「退院して体調が良くなったら、行きましょう。私がまた車に乗せていきますから」

「退院してからじゃ、間に合わん。ここに……ベッドにこの手を付いて、立ち上がりたい。私の手を引っ張って立ち上がらせて、連れて行ってください」

点滴に繋がれ、枯れ枝のようになった手を差し出され、握り返すしかなかった。

「石牟礼さん、今からは無理ですが、必ず行きましょう」

「ええ、行きましょう」


石牟礼さんが一九七五年四月に天草を訪ねた時に書いた取材ノートがある。

「自分の魂の出自をたどる旅」というフレーズがあり、天草を「出魂の島」と表現している。

その文の最後にこんな詩がつづられている。

〈空に菜の花が咲いている
空に菜の花が咲いている
空の丘に菜の花が咲いている

居るところを失った
魂を抱いてゆく空が暮れる
風の種のエロスにみちびかれ
海が哭く夜
岩と草だけの島から
おまえは出魂する〉

「今日は……何時までいらっしゃいますか」

再び現実の世界に戻る。

「お昼御飯が来るまではいますよ」

「おいしかお菓子のあっとですよ」

「え？」

「あそこの棚の上にある紙の箱に入っとるとですよ。私が三分の一、あなたが三分の二を食べましょう」

「大丈夫ですか？　見つかったらものすごく怒られますよ」

「少しなら、よかでしょう」

石牟礼さんの強い押しに負け、箱の中からパウンドケーキをひとつ取り出す。のどに引っ掛からないよう、五ミリぐらいの小さいかけらをちぎって口の端から入れる。見つからないかドキドキしながら、巡回している看護師の足音に耳をすます。

「いまの三倍ぐらいの大きさを……」

「大丈夫ですか?」

「大丈夫です」

目を閉じ、ゆっくりと味わうように口をもごもごと動かす。

「おいしかったですか?」

「おいしかしこ、無かったです」

昨年の暮れ。年末のあいさつに行く。すでに声が出ないほどの発作が起きていた。三〇分ほどベッドの脇の椅子に座っていると、寝息が聞こえてきた。眠っている姿をしばらく見つめる。薄いが、きれいに整えられた眉。痩せて少しくぼんだ目とこけた頰。細くて形の良い唇。皺がほとんどない広くて丸い額。深いしわが刻まれ、あざと血管が浮き出た腕。形がきれいな爪と細長い指。これがあらゆるものと闘ってきた身体なのかと思う。この小さくて華奢な体のどこに、激しい燃えたぎるような闘争心が宿っていたのだろう。誰にも真似できない、感情や命がほとばしる文体がどの部位から生まれてきたのだろう。思わず眠っている石牟礼さんの額や手に触れてみる。沈黙がみるみる、何かで満たされていく。

一時間ぐらいして、病室を出ようとしていた時、突然目を覚ました。

「あの……、『ピノ』というお菓子があるんですが……。知ってますか？……次来る時に……買ってきてください」

「分かりました。年明けに買って持ってきますね」

掛け布団の中がごそごそし始め、石牟礼さんが手を出そうとしている。

「どうしました？」

言葉が出ない。それでも手を出そうとする。

「何か取ってもらいたいものがあるんですか？」

ようやく布団から出てきた手を見ると、小指が一本立っていた。

「ああ、指切りですね」

石牟礼さんがうなずく。思わず噴き出し、指切りして、その手を握りしめた。

「もうあまり時間がありません」

そんなことを言われるようになったのは二〇一五年ぐらいからだろうか。日記を兼ねた、その年の三月二六日付のスケジュール帳には、震える字でこう書いてあった。

「道子の墓はいらない。遺骨の灰は沖にまくこと。遺言状を書いておくこと。ミチオはあいさつ状を書くこと」

その少し前。突然、携帯電話が鳴り、苦しげな、どこか寂しそうな声が聞こえてきた。

「昨日の夜はいろいろ考え込んでしまって。早くあの世に行きたいと思いました」

慌てて仕事を切り上げ、石牟礼さんの部屋に向かう。息を切らせてドアを開けると、「あら。よくいらっしゃいました。お茶でも飲みまっしょか」。

別の日には、「もう長くありません。あなたに言い残しておきたいことがあります」。再び車を飛ばして駆けつける。ノートを手に三時間ほど滞在したが、結局はお菓子を食べて、お茶を飲み、薬を飲ませて、たわいもない話をして終わった。

そして今年〔二〇一八年〕の二月五日。「今度はだめかもしれない」と告げられた時も、「またか」と思いながら、胸騒ぎがした。

最後にちゃんと対話をしたのは二〇一八年二月七日。亡くなる三日前だ。もう延命治療はせず、施設で最期を迎えるということが決まっていた。部屋を訪ねると、ベッドに横になっていたが、今までになく憔悴しているように見えた。それでも、すぐに「プリンを食べたい」と訴えてきた。流動性のものなら食べても良いと許可が出ていたため、施設の職員に頼み、プリンを持ってきてもらう。ベッドから車椅子に移し、プリンを一緒に食べる。この頃、食欲はほとんど無く、体力も極端に落ちていた。辛そうだったので、「食べさせてあげましょうか」と言うと、首を横に振る。プリンとスプーンを手渡す。

「これが大事です」

震える手でプリンをすくい、何度も口に押し込んだ。まるですぐそこまで来ていた死に抗っているように見えた。

「あの……次に来る時、椿の花と黒糖飴を持ってきてください」

帰り際に言われた「最後のお願い」を書き留めた紙切れが、今も捨てられずに私のバッグの中に入っている。

石牟礼さんが何かを書いている時、ベッドで眠っている時、化粧をしている時、裁縫をしている時、手料理をしている時、食事をしている時、そこにいることを許してもらっていた私は、いつもその姿をじっと観察した。普段は沈黙に耐えられないが、石牟礼さんとの言葉を超えた、深い沈黙の時間は、凝り固まった私の頭と身体を激しく攪拌させ、忘れてはならないものを思い出させた。

石牟礼さんが亡くなり、果てしなく長い沈黙が始まった。石牟礼さんが遺した膨大なノートや著作を読み返しながら、石牟礼さんと心の対話が続いている。

亡くなる一カ月ほど前のこと。

「俳句ば一つ……作りかけとります。完成させせんばいかん」

「いま完成させますか」と促す。

〈雲の上は　今日も田植えぞ　花まんま〉

「こまんか時、天気のよか日に花をつんで、男の子たちを集めておままごとをしよりました。『花ばごちそうするけん、遊びにおいで』と」

「その風景が、今思い出す一番幸せな時ですか？」

「はい。そうですねぇ」

（なみとこ・けいこ　新聞記者）

されく

田尻久子

私の本は売れませんでしょ。

初めて石牟礼道子さんにお会いしたときに、同行した人が私のことを本屋さんだと紹介してくれたら、そうおっしゃった。そんなことはありません。自信のない声でそう答えたが、小さな書店で、どの本だってそんなには売れない。当時は書店をはじめてすぐの頃だったから、一冊も売れない日だってあった。いまだったら、胸を張って言える。たいして人の来ない本屋ですが、石牟礼さんの本はよく売れています。

石牟礼さんが亡くなった日の朝は、電話の音で目が覚めた。数日前から容態を聞いていたから、取る前から察しがついた。手短に話して切ったが、まだ電話から光がもれている。いくつかメールが届いていた。仕事中の人からきたメールに、橙書店でただただ悼みたい　寂しくて仕事にならないです、と書いてあった。

しばらく呆然としていたが、また電話が鳴り始めた。このまま呆然としていたい気がしたが、ただただ悼みたい人が来るのであれば、店は開けなければいけない。

いつも通り出勤して扉を開けると、石牟礼さんの詩の一節が目に入った。

ほんとうに　うたうべきときがきた　さようなら
最新号の『アルテリ』(五号) のチラシを入口付近に置いていて、そこには掲載する予定の詩を一篇載せていた。その一節だ。


その日は、ギャラリーでの展示の初日だった。陶器の二人展。遠くから来てくださった陶芸家さんたちが、店を開けて大丈夫かと気遣ってくださる。しばらくすると、訃報を知ったお客さんたちがちらほらやってきた。閉まってるかと思った、そうおっしゃる方もいる。ほとんどの人が、石牟礼さんの本を一冊買って帰る。読んで弔うのだろう。この日は、石牟礼さんの本ばかりが売れた。

一度も会ったことないのに、どうしてこんなに悲しいんだろ。

石牟礼さんの本を声に出して読んでいる、と前に言っていたお客さんがつぶやく。会ったことがある人も、ない人も、悲しみにくれている。店が通夜会場のようだ。近しい気持ちの人と同じ空間にいたい、と思って来店されるのだろう。葬式というのは、本来そういうものなのかもしれない。死んだ人のためではなく、残された人たちのためにある。

お昼過ぎ、二時ごろ、予定より早く『アルテリ』の最新号が届いた。ただの偶然だが、さようなら、という文字が目に入ると必然のような気もしてくる。仕事を抜け出してきたお客さんが、今日『アルテリ』があるのって、贈り物のような気がする、と言ってくださった。

「震える海」というタイトルの豊田直子さんの木版画が表紙。暗い海がほのかに光っているように見える。そこに魂がさまよっているようにも見える。もう、石牟礼さんも自由になって、そこいらにいるのかもしれない。見せられなかったと思ったこの表紙も、見えているのかもしれない。

石牟礼さんは、幼い頃、村の老婆にこう言われたそうだ。

「うーん、この子は……魂のおろついとる。高漂浪《たかざれき》するかもしれんねえ」

熊本弁で、うろうろとさまよい歩くことを、されくと言う。魂が遊びに出て一向に戻らぬ者のことを「高漂浪の癖のひっついた」とか「遠漂浪《とおざれき》のひっついた」とわたしの地方ではいう、と石牟礼さんは書いている。

私も、子供の頃から本ばかり読んでいるから、されき癖がついた。どこにも行かずとも、本から聞こえる声をたよりに、されきまわる。石牟礼さんのように縦横無尽ではないけれど、よたよたとされく。

彼女の本を読むことで、その魂にお供させてもらう。遥か彼方にいらっしゃるときは、遠目で見るぐらいしかできないけど、せめて同じ方向を眺めてみようと、耳を澄まし、目を凝らす。普段は遠くにある、海の声、山の声。そして、私たちには見えなくなった山のあのひとたちの声が聞こえてくる。狐の仔になった石牟礼さんに会えはせぬかと、探してみる。


日が経つごとにさみしさは霧散していった。石牟礼さんの魂がそこここにあるような気がしてきた。居なくなったという現実感が、どんどん薄れていく。むしろ存在感が増してくる。

先日、石牟礼さんの車いすのメンテナンスを一時期していました、というおにいさんが来店した。こんなにすごい作家さんだとは知らずに話を聞いていました、とおっしゃる。でも、その話は面白くていまでも覚えていると、いくつか教えてくださった。その方が問わず語りに聞いたどの話も、石牟礼さんが書き記した話とかさなる。

しばらく書棚を眺めてから、石牟礼さんの本を読みたいから、どれか選んでくださいとおっしゃる。どんな人だったかを知りたいと言うので、『葭《よし》の渚』をすすめた。

別の日、また若い方が立て続けに、石牟礼さんの本を買っていかれた。一人の方は、帰り間際に私の方を振り返り、亡くなってしまわれましたね、と静かにおっしゃった。

はい、残念です。そう答えながら、石牟礼さんの本はうちではとっても売れています、と石牟礼さんに言いたくてたまらなくなった。

（たじり・ひさこ　オレンジ・橙書店店主）

石牟礼道子さんと「存在する猫」

東島 大

ありふれたことから書く。

生意気盛りの中学生の頃だから、もう四十年近く前になる。最近流行るところの「中二病」とはよくいったもので、当時の私といえば、福岡の田舎の片隅でスタンダールだのカレワラだの李白だ杜甫だと餓鬼よろしく貪り食っては悦に浸っていた。そんな背伸びのしすぎた私を担任でもあった国語教諭は苦笑いしながら眺めていたのだと思う。同時に二十代の青年でもあったその教諭は、おそらくはかつての我が恥ずかしい十代の頃を私に重ねたのだろう、滅多になかったことだったが、あるとき私に「この本を読んでおけ」と言った。私を含め、生徒たちの読む本に口を挟むことのなかった彼としては珍しいことで、それ故に今も強く覚えているのだが、その本が『楢山節考《ならやまぶしこう》』と『苦海浄土』だった。

では、と読み始めた私はすぐに行き詰まる。葉虫よろしく本を貪っていた私が初めて陥った

「本が読めない」体験だった。『楢山節考』はまだなんとか読み終えたものの、『苦海浄土』ときたらまったく進まない。方言が読みづらいといっても同じ九州だ。書いていることは理解できる。しかし読めない。

つまり、「情念」を描いた小説――正しくは「情念」を力にした小説というものを私は初めて体験したのだ。小説の文章・文体というものは読者を運ぶ道しるべであり地図であるという程度の感覚しか持ち合わせていなかった当時の私は、言葉というものひとつひとつが読み手に押し寄せのしかかりつかみかかっていくものだということをこの時初めて知ったのだった。まさに国語の教師としては的を射た教育というしかない。小説読みとしての力のなさをまざまざと教えてくれたこの担任教師には今も感謝している。

さて、それから十年近くたって私は二十代の半ばになり、一介の記者として熊本の地を踏んでいた。

甲府に配属されたのなら『楢山節考』だっただろうが、熊本だったので帯同したのは『苦海浄土』だったわけだ。この本と原田正純さんの岩波新書だけを手に「水俣病」というなんだか水雲のように得体のつかめない世界に分け入っていた。

石牟礼さんに初めてお会いしたのはいつだったのか、なぜか覚えていない。物故された多くの方々、原田さんや川本輝夫さんたちと会ったときのことは鮮明に覚えているにもかかわらず、だ。

おそらくあの中学生の時以来、石牟礼道子という存在がどこか私の中で神格化、いやアイドル化されていたのだろう。とにかくお会いする度に私はひどく緊張していた。

それはその後、度々ご自宅や仕事場にお邪魔するようになっても変わらなかった。いつも石牟礼さんが「ふふふ」と微笑んでいる横で渡辺京二さんが手料理を振る舞ってくれる。「夢のよう」といってしまえば簡単だが、ただの本好きにとってはこれ以上緊張する光景もないかもしれない。

そんなやくたいもないミーハーな記者がその後、石牟礼さんの足跡を辿り戦後日本に残した知性を検証するという番組作りに関わることになる。

ＮＨＫが二〇一三年から二年にわたってＥＴＶで展開した「戦後史証言プロジェクト」の一本、「シリーズ知の巨人たち　第六回　石牟礼道子」（二〇一五年一月放送）だ。湯川秀樹から鶴見俊輔、丸山眞男から吉本隆明といった戦後を代表する知識人をその思想にまで踏み込んで各九十分のドキュメンタリーにまとめた硬派なシリーズだが、ここに登場する八人のうち当時存命だったのは石牟礼さんただひとりだった。

なぜ、と当時のプロデューサーに尋ねてみたが、特に理由はなくたまたまということだった。主人公が存命中ということは、まだそれだけ評価は様々でなおかつ関係者が多岐にわたり番組としては制作しづらいということになるわけだが、それはともかく、この番組作りに携わって私はそれまでなんとなくぼんやり知識として持っていた石牟礼さんの人生というものについて、緻密に見つめ直さざるを得なくなった。

戦争中の代用教員時代。兄を亡くした沖縄戦。「タデ子の記」で描かれた戦後の混乱期。自殺をモチーフにした最初の短編。サークル村をきっかけに拡散・収縮していく交流。高群逸枝への傾倒。

ここまでがまだ序章にしか過ぎない。同僚らが集めた資料はプロジェクトルームを影のように増殖し私たちの前に積み上がっていく。そして私たちは――「何も見えていない」ことに頭を抱えるのだった。

幸いにもなんとか番組は完成し（当然だ）、ドキュメンタリーとしては賞も頂いて一定の評価も受けた。

しかし、私に残ったのは、これまで何度も顔をあわせている石牟礼道子さんとは違う、「石牟礼道子」という存在は何なんだろうということだった。

石牟礼道子を形作った様々なもの。人を作り上げる個人史の数々。そういったものどもが人にインプットされ、思想なり作品なりが世にアウトプットされていく。人々は、そうした方程式を「知の巨人」たちに見て取ることで理解しがたい天才たちを理解した気になっていく。その道しるべとなり地図を作るのが私たちの仕事だったし、そう思って四半世紀仕事をしてきた。

ところがなんということだろう。

石牟礼道子はそういう方程式を拒絶している。

そこにはインプットが確かに存在していて、いろんな代数や因数も存在しているのに、「石牟礼道子」を通したあとに立ち現れるのは全く違う世界だった。なぜ「これ」が導き出されるのか、それを説明しなければならないのに、出来ない。

これはドキュメンタリーの敗北ではないのか、とも思う。しかし一方で、これがドキュメンタリーなのだろうとも思う。

ソシュール以降、多くの言語学者や思想家が「詩的言語とは何か」を解き明かそうとしてきた。その手法は数多あるけれども完全に解き明かしたものはないように思える。結局詩的言語とは詩でしか表せないものなのだから。

ただ、それが生まれる過程を私たちは観察することは出来る。その甘やかで強く、怖い作品の数々を味わいながら。

そしてさらに「石牟礼道子」は「シュレディンガーの猫」さながら創造者であると同時に観察者であり、観察することでその作品世界そのものを作り上げた。そして私たちはそこに現れた「生きている猫」を見て、初めてそれが現実であることを知るのだ。


二〇一五年一〇月。

石牟礼さんがかつて暮らしていたこともある熊本市の真宗寺をご本人が訪れた。その前の年に結成され、真宗寺をお借りして行われている石牟礼道子資料保存会の様子を見たいという要望だった。

とはいえ、場所は二階だ。急な長い階段を上った本堂の上にそれはある。階段の下で車椅子を降りた石牟礼さんは、あと少しで私たちの研究会を見ることができるのが待ちきれないようなご様子だった。

私たちは顔を見合わせ、その中で男性であり、なおかつ比較的まだ体力がありそうという私が石牟礼さんを背負うことになった。

黒い服を身にまとった石牟礼さんの全身が私の背中に乗った。軽い――と思おうとしたけれど、石牟礼さんにはずしりとした石牟礼さんの重さがあった。石牟礼さんの骨と筋肉が背中にこそばゆかった。

スリッパが滑ってしまわないよう、私は裸足になって一歩、二歩と階段を上がった。石牟礼さんの腕が首に巻き付く。やはり不安なのだろうか。僕の背中に乗ってしまったことを後悔しているのかな。「しっかりつかまってて下さいね」

そう言葉をかけてゆっくり上がっていった。

階段をのぼりながら私は、そういえば父を、母を、一度も背負ったことがないなと気づいた。

私の背中につかまっていたのは、私のやさしい石牟礼さんで、私の背中に石牟礼さんは確実に存在していた。

（ひがしじま・だい　くまもと県民テレビ報道部次長）

絵本の思い出

山田梨佐

石牟礼さんに初めて会ったのは私が七歳の頃だった。昭和四〇年代の初め頃、私たち一家は立田山と白川にほど近い黒髪町に住んでいた。長屋のような借家の一軒で、小さな台所のついた二間きりの家だったと思うが、石牟礼さんはその家を昭和四〇年の終わりか四一年の初め頃訪ねて来られたのだ。父〔渡辺京二〕が『熊本風土記』を出していたころだが、父や母とどんな話をされていたのか子供の私は全く記憶がない。けれどもその時母が出した料理をよく覚えている。それは豚肉をソテーして、ケチャップ味のソースをかけたものだった。その頃洋食は今ほど一般的ではなく、母もお客様向けのごちそうとして出したのだろう。石牟礼さんは「こんなハイカラな料理ははじめて食べました」とおっしゃった記憶がある。母の料理を誉められたこともうれしかったのだろう。石牟礼さんはほめ上手だった。

その日の夕食の後だったのだろうか、石牟礼さんは私と妹に絵本を読んでくださった。と言っても私はもう小学校に上がっていて絵本を読んでもらう年齢ではなかったので、まだ二歳くらいだった妹に読んでくださったものだろう。絵本は『ちびくろサンボ』だった。残念なことにその絵本はもう手元になく記憶があやふやなので、ウィキペディアで調べてみた。かわいい黒人の男の子のサンボは、ある時森の中で恐ろしい虎たちに追いかけられ、身ぐるみはがれてしまう。ところが虎たちは戦利品を奪い合い、大きな木の周りを追いかけあってぐるぐる回り、あまりに夢中になって回っているうちにドロドロに溶けて黄金色のバターになってしまう。見るからにおいしそうなそのバターを使ってホットケーキを焼き上げ、家族みんなで食べてしまうという話だったように思う。挿絵もとてもきれいで楽しい絵本で、石牟礼さんがその場面を朗読されると、まるで目の前にぐるぐる回りながらきれいな黄色のバターに溶けていく虎が見えるようだった。子供だったからではあろうけれど、言葉によってこれほど鮮やかに目の前に場面が浮かぶという経験はその後ない気がする。実際にはないはずのもの、フィクショナルなものをこの世に呼び出す、類稀れな能力を石牟礼さんは持っておられたのだろう。

そういう石牟礼さんに子供の私はすっかり親しんでいたためか、ある時、たぶん母から、石牟礼さんは親戚のおばさんではないと聞かされてとても驚いた。ショックだったといってもいいくらいで、その時の納得できないような気分を半世紀もたった今も思い出すことができる。自分でもおかしいくらいの思い込みだが、そのような気持ちを起こさせるものを石牟礼さんは持っておられた。水俣の患者さんやその家族の人たちに自然に受け入れられたのもこの資質があったからだろう。ふつうあるべきところに壁がなくて、すっと入ってこられるような。たたずまいや話し方、そしてまなざしだろうか。幼い私や妹をいつくしみを持って眺めてくださっていたと思う。

数年後私たちは京塚の一軒家に移るが、その家は部屋数も多くお風呂も付いていて、何より広い庭があり、様々な草花が植えられていた。思えば私は一〇代の時期をこの家で過ごしたのだが、それは水俣病闘争の最盛期とも重なっていた。そのためかこの家に移ってからは石牟礼さんが訪ねて来られたという記憶はない。父に聞くと、来られたことがあるそうだが、子供の頃のようにゆっくりして行かれなかったのだろうか。私が再び石牟礼さんとお会いした記憶があるのは大学生になって、原稿の校正のお手伝いのアルバイトをさせていただくようになってからだ。大学生になった私がいろいろアルバイトをしていることを聞かれたのか、あるいは父が頼んでくれたのか、そのころ借りておられた薬園町の仕事場に伺うようになった。石牟礼さんの原稿は、原稿用紙のマス目に文章が収まらず余白部分に自在にはみ出していた。時にはそのはみだしからまた新たな文章が派生していたりする。そのはみだした部分がどこに入るのか、ちゃんと父が赤線で指示していてその通りに挿入しながら清書していくと、意味の通ったひとつながりの文章になっていく、その面白さ。石牟礼さんの原稿を清書していくのは本当に楽しい仕事だった。トルツメとかイキとかの校正の用語をこの時覚えた。夕方に近かったのだろう、畳の部屋に西日が差し込んでいた記憶がある。忘れかけていた記憶が、こうして書いているとよみがえってくるのは不思議で何とも言えず懐かしい。その頃私が別のアルバイトでもらったお金を財布ごと落としたことがあった。その話を聞いた石牟礼さんは、その日の仕事の謝礼として、私が落とした金額と同じだけ下さった。けして少ない額ではなかったと思う。その時申し訳なく思った記憶が今も残っているからだ。生きておられる間にこうした思い出をお話したらよかったと思う。「そんなことがありましたか」とおっしゃる顔が見える気がする。

大学を卒業して熊本市を離れてからはお会いすることも減ったが、五年後に仕事をやめ熊本市に戻ってから、また時折仕事場や真宗寺でお会いする機会が増えた。石牟礼さんは作家として充実した時期を迎えておられた。結婚してからは夫婦で毎週のように夕飯に呼ばれていたころもあった。私たちが新居にしていたアパートに散歩のついでに寄られ、二人分の机を置いた勉強部屋があることにいたく感心しておられたことを思い出す。車でいろいろなところに一緒に出掛けたりもした。本当にこの時期は一緒に多くの時間を過ごさせていただいたと思う。石牟礼さんとの時間はいつも楽しかった。何か面白いことが起きそうな感じがいつもしていた。いつの間にか忘れかけていたが、またこれから著作を読みかえしたりしながら、少しずつ思い出していこうと思う。私にとっての石牟礼さんとは、と考えながら。

（やまだ・りさ　非常勤講師）

旅は道連れ

山本淑子

石牟礼さんとの出会いは、もう三十五年程前になるが、水俣病とはほとんど関係のないお付き合いからだった。この『道標』の編集者である私の夫と渡辺先生が、人間学の勉強会を私たちの自宅で始めることになった。確かコンラート・ローレンツの『鏡の背面』から始まったと思うが。

二人で本を読み合いながら、その内容、主旨をつかみ、討論しながらより深く掘り下げていくといったやり方だった。最初の一、二回は、私はお茶くみだったのだが、「ちょっと淑子さんもここに座って」と有無を言わせない先生の口調で、参加したのが運の付き(尽きではない)だった。渡辺先生の厳しい読解力の要求は理系の私の国語能力を大幅にこえており、涙をポタポタ、ポロポロこぼしながらの読書会だった。しかしその後の飲み会はうって変わってざっくばらんで、先生の広い知識とウィットに富んだ話がポンポン出てきて、私の薄っぺらな脳の灰白質に新しい回路がずんずん広がって行った。そして、第二の運の付き。一年後あたりからだったと思うが、石牟礼さんも時々出席されるようになった。石牟礼さんは前もって本を読んでおられる風では全然なかった。会の終り頃に御意見を求めると、本をただパラパラとめくって閉じて、少しの沈黙の後、本の内容に沿った的確なお話が始まるのであった。一を聞いて十を語る人であった。

勉強会では修学旅行も行なった。山好きのメンバーの案内で矢部や国見岳、島原、倉岳、阿蘇、九重など、川辺川上流のダムに沈んだ村も見に行った。車の中で、「九州山地のどこかに深い湖があって、そこと不知火沖はつながっておるちゅう話で、不知火沖にはきれいな真水がコンコンと湧いとる場所があるそうですよ」「ふーむ、そうですか」。私はなま返事をしてばかりだったが、その時、すでに石牟礼さんは、『十六夜橋』や『天湖』のストーリーを発想しながら景色を眺められていたのである。

九重には私の父の別荘があり、阿蘇とは又違った景色が広がっているのでお連れした。そこではバーベキューをすることになっていたが、夫が魚しか食べない人間だから、さしみ用の大きなサバを用意していた。それを見た石牟礼さんは、「これはシメサバにしたらおいしいですよ」「塩と酢と昆布はありませんか」「ショウガもあるといいですね」。そこで、山の中、酢と昆布とショウガを誰かが急いで買いに行った。それから小一時間？「塩でしめる時間がちょっと足りんでしたが……」とテーブルに盛られたシメサバのおいしかったこと。盗み見ていた私は、この方法でずっとシメサバを作ってきたが、今は夫に伝授して作ってもらっている。我が家の定番。石牟礼さんからの貴重な遺産である。

石牟礼さんが只者ではないと思ったのは、その時のもう一つのエピソードからである。石牟礼さんを例えて「巫女のような人」と表現する人がいるが、私は余りその実感がなく、奇抜な想像力が言わしめている伝説みたいなものだと思っていた。九重の山は秋の紅葉で色取り取りに染め上っており、天高く晴れわたった日だった。別荘の前には小学校の運動場位の広さの深緑色の池があり、その向うに真弓の林が真っ赤に燃えるように西陽に照らされて輝いていた。石牟礼さんは「ほうー」と感嘆して長い間見ておられた。それから一年もしない夏の日だった。「あの真弓の木がですね、『切られるから助けて下さい』と言って夢に出てきたんですよ。どうなってますか、あの木は」「いろいろ想像が及ぶんですね。今度行った時見て来ます」。秋に行ってびっくりした。赤い実は一かけらも見つからず、切り株だけが残り、林は暗く沈んでいた。石牟礼さんは海や山や魚や木や森羅万象のもの達と本当に感応できる人なんだと心底感嘆した。この人はやはり神子《みこ》だと思った。

出会いから数年後、遅ればせながら『苦海浄土』を読んだ時の深い感動は、小説などあまり読んだことのない私だったが、勝手に百年に一度の大作家だと決めて、出会いの運のよさを思わずにいられなかったが、そんな道子さんと三十年程の間、日常の暮しの中で、人生の旅路の道すがらの時々を御一緒させて頂けたことは、何よりの幸せであった。

（やまもと・よしこ　医師）

ままごとの記

米満公美子

自らの発火で星を火だるまにし、隣の星に飛火したらどうなるのだろうという文を書きながら、蟻の行列を見ていたら足を地におろせなくなってどうやって家まで帰ろうかと思い悩んだなどと言っている。そんなふうなあなたの日常に、お付き合いするのが極めてたいへんで、あなたがお書きになった作品を読むことができなかったわたしが今、詩集『祖さまの草の邑』をまるでわたしたちふたりの日記のように読んでいます。なぜ日記のよう？　それは、この本の中の詩が出来るときにいつもわたしは居あわせることができていたからでしょうか。言葉ひとつひとつを目でなぞれば、そこら一面にあなたの声や表情や仕草が浮き立っていて、わたしは懐かしさと淋しさで息がつまります。

骨折してリハビリ病院に入院中、洗濯物を届けにきたわたしに、待ってましたとばかりに図工ガバンの上にある原稿をみせて、

「きのうの詩に手を加えました。読んでみてくださいますか」と目をくりくりさせながらガバンごと渡されました。わたしはせかされた気持ちで荷物を置きながら読みはじめると、待ちきれないようで、

「どうですか、あなたはどっちが好きですか」と。「もちろんこっち」と言うとにっこり笑って、看護師さん方にいただいたという土竜《もぐら》の写真を出して

「ほら、この手がかざぐるまになるんですよ」と子供のように無邪気に教えてくださったのです。このようにしてできた詩が

「わたくしさまのしゃれこうべ」です。

リハビリ治療だけでも耐えがたい痛みがあり、パーキンソン病もありながら病院のスタッフの方々やお見舞に来て下さるお客様にまで、とびっきりの笑顔をみせていたあなたの強さを今さらながら思い知り涙が出ます。

亡くなる六日前のこと。石牟礼さんの特集番組が放送されて、楽しみにしておられたので最後までしっかり視られてからしみじみと

「よく作って下さってね……」と感謝の言葉を言いながら〝花を奉る〟と印刷されたパンフレットを手にしておられました。わたしは本棚からこの詩経の原文が載った本を取り出し読みだすと、すぐに石牟礼さんもいっしょに読みだされましたので、わたしは石牟礼さんにあずけました。

ゆっくりとそしてしっかりと読み終え、そしてベッドに入られました。

いつもいつも、自分はそこのいちばん端っこにいたいと思っているふたりが一三年前に出合い意気投合し過ごした時間はままごとのような日々だったように思います。真剣に宇宙のがけっぷちのことを話していたことや、早朝の道端に咲くつゆ草の露のキラキラをみてきれいだと思ったという話や、夜中にリハビリと称してふたりで大きな声で唄ったこと、地球儀をのぞき込みさがしていた国が意外なところにあって笑い合ったこと。ままごとの相手を亡くしたわたしに今でも胸があたたまるこんな無邪気な記憶をたくさん残してくださいました。お母様のはるのさんに会いたくて、地団駄をふんで泣く子供のような気持ちですとおっしゃったことがありました。今、わたしがそんな気持ちです。

とんでもない方向音痴の石牟礼さんをひとり逝かせて、いまだにわたしは心配で空を見上げています。


（よねみつ・くみこ　介護ヘルパー）

II　渚の人の面影

夢とうつつを見る人

池澤夏樹

もうずいぶん前、東日本大震災よりも更に前、石牟礼さんからふっと電話をいただいたことがあった（あの震災は二年前の熊本の地震と同じようにぼくの中で歳月の区切りになっている）。石牟礼さんはおずおずと、用事があったわけではございませんと仰った。ただちょっとお話しがしたくて、と。

電話で話したことは少なくない。そもそもの始まりがあちらからのいきなりの電話だった。二〇〇四年の初夏、ぼくがまだ沖縄に住んでいた頃、畳の部屋で暑いなと思いながらごろごろしていた時にコードレスの電話が鳴った。なにげなく取ると「あの、石牟礼でございます」という声がした。はっとして、坐りなおして、衿を正した。と言っても沖縄の普段着のＴシャツ姿だから衿はなかったのだが。

これが最初の出会い。電話でも出会いには違いない。あれ以来、何十回となく、何十時間となく聞いたみっちんの声の聞き初め。

その少し前にぼくは全集の『苦海浄土』の解説というものを書いていた。今から思えば読みの浅い未熟なものだったが、ともかく力を込めて書いた。それで石牟礼さんはお礼も兼ねてこの男の声を聞こうと思われたのだろう。話の内容はあまり覚えていないが、もっぱらぼくの沖縄の暮らしのことだったと思う。御自分と沖縄の縁で、一九七八年のイザイホーのことを話されたのはまちがいない。久高島で午の年ごとに行われてきた祭事で、四日間に亘る大がかりなもの。この島では三十歳を超えた女たちはみな神女《かみんちゅ》になるので、その就任式がこの催しである。

残念ながら石牟礼さんがご覧になったこの回が最後になって、以後は開かれていない。従ってぼくも見たことはないのだが、沖縄でもとりわけ霊位の高いこの島に憧れて（こういうことを言うのは気恥ずかしいけれど）、島が見えるところに家を造り、その結果、昼寝をしているところへ石牟礼さんからの最初の電話が襲来することになったわけだ。

石牟礼さんが「用事があったわけではございません」と言われた電話は夢の報告だった。夜明けに幻聴を聞いたと言われる。

「あしたっからお天道さまがお出ましにならないことをお伝えいたします」

若い看護婦のような声で、「あしたっから」という「っ」の入る言いかたは東京っぽかったと。その先でアマテラスの岩屋戸こもりの話になったのはどちらが言い出したのだったか。その声ばかりの若い女はアメノウズメだったかもしれない。

それは耳で見る夢ですねえ、とぼくは言った。

その数年後に自分が『古事記』の現代語訳をして、その場面も扱うことなど、それこそ夢にも知らなかった。お出ましにならないお天道さまを呼び戻す企みのところ——


アマテラスはなんだか様子がおかしいと思って、天の岩屋戸を少しだけ開いて中から言うには、「私がここに隠っているから天の原は当然暗くなり、葦原中国も真っ暗だろうと思っていたのに、なぜアメノウズメは歌って踊っているし、ありとあらゆる神々が集まって笑っているの?」と問うた。

そこでアメノウズメが答えて、

「あなたよりも尊い神様がいらしたのです。それが嬉しくて楽しく遊んでいるのです」と言った。

そう言っている時にアメノコヤネとフトタマが鏡を差し出してアマテラスに見せた。

そこに映った顔を見ていよいよ不思議に思ったアマテラスが外を覗いて少しだけ戸から出てきたところで、蔭に隠れていたアメノタヂカラヲが手を取って引き出した。

この場面を話題にしてお喋りをするのに石牟礼さんほど好ましい相手はいない。本来ならば石牟礼道子の文学はこういう世界を描くための装置だったはずだ。『あやとりの記』も『水はみどろの宮』も、『椿の海の記』だって半分までは、夢でできている。

しかし、水俣は彼女にうつつを見させた。これが現実の人間のありよう、この地獄を作ったのが人間。それをせめて煉獄に変え、救いの道を付けなければならない。そういう声に応じて、四十年に亘ってその声の命じるままに力を込めて書き続け、『苦海浄土』ができた。あの大作の中では、うつつに踏みとどまらなければという意思と夢の方に行ってしまいたいという誘惑の力が拮抗している。

夢はよいものばかりではない。悪夢もまた夢。

去年〔二〇一七年〕の晩秋、熊本でお目にかかると、話されるのは幻覚のことばかりであった。その前、地震のすぐ後で電話で話した時は暮らしの場だったユートピア熊本の建物が崩壊したと言われた。新聞記事のような客観の視点から言えばこれは事実ではないが、しかし石牟礼さんの主観においてはこれこそが本当に起こったことだった。熊本の人々の多くが自分が住む世界が崩壊したと思ったのではないか。

晩秋にお目にかかった時の話。

話されるのは、「部屋の隅に二人の見知らぬ男が街灯のように立っている」という幻覚のことなどばかりだった。アメノウズメの時と同じ異界の話であり、そこに行って戻られた報告である。半ばはあちらへ渡られておられたのかもしれない。

あるいは、「どこかの温泉で着ていたものだけ残して消えてしまった入浴客。みなでいくら探してもどこにもいない」という話。

また、「(昔の水俣の) とんとん村の海岸に自分はいて、水平線に天草が見える。でも海を隔てる壁がある」とか。

お声は小さく、口元に耳を添えるようにして聞き取ったけれど、きちんと聞けたのは半分だったかもしれない。つまり残りの半分はぼくの夢、ないし石牟礼さんを通じて聞いた異界の事情であったか。

今、ぼくは『古事記』を素材にした長篇を書こうとしている。『あやとりの記』の夢幻と『苦海浄土』の苛酷を重ねたような話を目指している。肩越しに石牟礼さんが見ておられるような気がする。

(いけざわ・なつき　作家)

石牟礼道子さんの手足のゆくえ

石内　都

写真を撮る仕事をしている私は、自分が写真に撮られるのがかなり苦手で、なるべく写真に撮られたくないと思っている。しかし最近は撮られることが多くなり、困ったなあと思って気が付いた事がある。撮る相手・カメラマン時にはカメラウーマンによって自分の写り方がかなり違うのだ。写真家を撮るカメラマンは普通よりも大変かもしれない。がしかし、そんな事でも技術的な事とも違って、写真は撮影者の心がはっきり現像されるので、とても恐ろしいものなのだ。とくにポートレイト人物写真は撮る人と撮られる人とのその場の感情が写真に写し出される。ようするに撮る相手に対するリスペクトのあるなしで写真の内容がひどく違うのである。

私もポートレイトを撮ることがある。私が撮影する相手の方はいつか会えるかもしれない、と心まちにしている人だけなので、初めてその方に会うと目がハートになり、シャッターを押す指先はすばやく早い。

石牟礼道子さんに四回お会いしている中で二度撮影をさせていただく。初めてお会いした時は挨拶だけでカメラを向けなかった。私は撮影も実は苦手なので、なるべく撮影は少なく短く、最小限度ですませたい。

『苦海浄土』を数年前に完読したばかりで、学生時代に読みきれずに持ち越されていた本を、何がキッカケか忘れてしまったが急に読みはじめ、過激な内容の中にある言葉と文章の美しさと、文体の色気のようなものに感動というよりも、行間に横たわる気配がじわりと心に染みわたり、石牟礼文学を学生時代に読んでしまったら、それっきりになっていただろうに、完読していなかった自分は運が良かったかもしれないと納得する。石牟礼文学の世界を知った事は人生の大きな出来事だ。いつか会えるかもしれない、会ってその肉声を聞き、彼女の肉体を実感したいと願望したのだった。

二度目にお会いした時は、はっきり撮影の意思を伝え、手と足を撮らせていただく。二〇一四年の夏だった。石牟礼さんは病にもかかわらず心良く撮影に応じていただき、ホリゾント用のトレイシングペーパーの上にスーッと手をさし出されて、右手、左手、両手を、くつ下を脱いで右足、左足、両足を、レンズの前においていただく。私はさし出された手と足にソーッと触れ、石牟礼さんの身体の熱をすくい取りコッソリ充電してしまう。

三度目にお会いしたのは二〇一六年、熊本現代美術館の企画展「誉のくまもと」の為の撮影であった。美術館の企画ということもあり、立ち合いは普段一人か二人なのだが、いつもより多い人数で入院先の廊下に本格的なホリゾントをセットする。二回目となる今回の撮影では、手と足以外にひとつお願いをしていた。石牟礼さんと共に渡辺京二さんにも会いたいと思っていたのだ。個人的なことなのだが、渡辺京二さんは我父に風貌が似ていると勝手に思っていて、父は一九九五年、七一歳で亡くなっている。渡辺京二さんとは七歳上であるがいつまでたっても七一歳のままで、渡辺京二さんより若いままだ。そこで石牟礼さんと渡辺京二さんのツゥーショットをお願いしていた。

二年ぶりにお会いした石牟礼さんはかなりやつれていらして、手も足も細りやせて、レンズの中の姿は少し悲しい感じがしたのだが、石牟礼さんはそんな事も病の事も気になさらず、二度目の撮影もスーッと手足を出された。私はもう一度石牟礼さんの手指、足指に触れ、身体の先にある宇宙の入口としての皮膚の肌ざわりを実感し、写真の中に彼女を連れ出した。

渡辺京二さんはやはり父のおもかげを感じさせる風貌だったが、眼光のするどさはまったく違っていた。その渡辺京二さんと石牟礼さん二人並んで撮影する。作家と編集者、良き理解者同志という関係が異性間で成り立ってきたお二人は、日本における文化表現の歴史ではまれな存在だと思っている。

四回目にお会いしたのは昨年〔二〇一七年〕の九月だった。ひと廻りもふた廻りも小さくなられた石牟礼さんは急な訪問にもかかわらず心良く会っていただき、いつものように接待の言葉をかけて下さったのが最後になってしまった。

春三月、石牟礼さん原作の『沖宮』の能舞台のイメージ撮影で天草、島原をはじめて訪ね、石牟礼さんが生まれた土地と天草四郎が原城へ向けて舟を出した海峡を目のあたりにした時、四〇〇年前の出来事が時空を超え連綿と続く時の風景として現存しているのを、潮風に吹かれながら体感したのだ。

そして天草、島原、原城を経て熊本へ、石牟礼さんの遺骨が安置されている真宗寺で手を合わせてみても、何んだか実感が乏しく、そうか！　石牟礼さんは二月一〇日に島原、天草の戦いの、まさに最前線原城へ復帰して、天草四郎と共に永遠の戦いを、改めて始めたのではないかと感じたのだった。

（いしうち・みやこ　写真家）

不思議な体験

緒方正人

水俣病は、高千穂の神楽とかのように、物語として伝承されていくというのが一番理想的だったと思う。水俣病事件から生まれた伝統を伝えていく、物語を伝えていく。それが能とか猿楽とかいわなくても、神楽のように村にそれが生まれていくというか、伝統芸能というか、本当はそれくらいの事件だと思う。

ところがそれを超える経済的な価値観が支配している気がして、とてもそこまでいききらんかったなあと思う。本当は埋め立て地がそんな場所になったら——それこそ（石牟礼）道子さんもあそこに能楽堂がほしいと言っていたけど、実現しなかったんで——そうでなくても神楽のような形ででも残ればねえ、良かったんだけど。

道子さんはあまり「加害・被害」という言葉を使わないで、患者被害者にとっても「受難」という言葉で表してきた。道子さんがいう「受難」という捉え方は、責任論よりも存在論のような気がする。受難者たちのまるごとの存在を捉えようとしている。

だから病気だけじゃなくて、暮らしの在りようから周辺の人間関係から、全体を捉えようと、制度社会からこぼれ落ちるものを手で掬《すく》い取ろうとしているようにみえる。それは物語の視点というか、慈悲の現れというか、寄り添う姿勢だったと思う。

私もだんだんそうなっていった。最初は道子さんがいう「受難」という言い方が、何かぼけて聞えていた。責任がぼけて聞えるんじゃないかと。

道子さんは説得力を持たせる文章表現でやってきたから深さがあるんで、私も制度社会でいわれている責任論みたいなものは平面的にしか見えなくなっていった。むしろ「受難」と捉えた方が深さが断然ある。そこにはいろんな想像が働く。立場を超える可能性を秘めている。人間という存在のどうしようもなさが含まれている。


今、我々が世の中に対する問題提起をどういう形で出来るか、やっぱり何をするにしても、言葉にしなきゃいかん。

私自身のもやもやから言うと、特に福島原発事故以降、強く思うんだけど、なぜ、「私たちもうひとりのチッソだった、東電だった」っていうふうにみんな公言しないんだろうかというイライラはある。一人一人に聞けばそういう反応はあるけれども。

またとんでもない事件が起きたときに、またその時になって言うんだろうか。日本社会自体が、世界がといっていいんだろうけど、歪んでいるこの嘘っぽさ。

社会学の見田宗介さんが昔、「(認定申請を取り下げたあとの）緒方さんは世の中の嘘っぽさに気が付かれたんですね」と言われて、さすがだなあと思ったけど、そういうことなんで、嘘っぽさに私自身が耐えられなくなった。自分をごまかせなくなった。認めるしかなくなった。

それは、さっき言った道子さんの「受難」という捉え方も、私たち自身を解放していく方向だと思う。制度社会に組み込まれないで、どっかレジスタンス、抵抗している、時代に。本願の会の立ち上げそのものが時代に抵抗しているんだよね。嘘っぽさにそのまま付きあえないよということを言ったに等しいんで。私たちの力量不足でそれに気付いてない人も沢山いるんだけども。

実は、道子さんが亡くなられてから一週間後の確か二月十七日、土曜日のことであったと思う。私は久しぶりに不知火海でマナガツオの流し網漁に出かけていた。津奈木町赤崎の沖合で網を引き上げようとしているところに、南の方から一羽の「ゆりかもめ」が現れ、私の位置から二・五メートルほどの船首のところに、なんの迷いもなく舞い降りた。私に対してまるで警戒心もなく、顔なじみの船に遊びに立ち寄ったかのようであった。私は思わず、「道子さん、もうゆりかもめの姿で遊びに来たっかな」と声をかけそうな衝動におそわれた。その瞬間、私の脳裏に浮かんだのは「鶴の恩返し」の一場面であった。今、ここで声をかけたら「遠くへ飛んで行ってしまうのではないか」と思い直し、言葉を呑み込んでしまった。その時、道子さんの化身のように思えた「ゆりかもめ」は、なんと一時間近くも不思議な時間を付き合ってくれた。

丁度その頃、私は水俣での「石牟礼道子さん　おくりびとの集い」を行いたいと考えていて、その名称や会場、期日、呼びかけ人、当日の構成内容などについて私案を煮詰め、皆さんに提案したいと思っていた。そうした折であったのでなおのことうれしく心に残った。今まであんな気持ちになったことはなかったが、身体の感覚が自然に「えにしの物語」が続いていることを感じたのであった。

（おがた・まさと　漁師）

「小さな命」の仇討ちに賭けた生涯

鎌田 慧

石牟礼道子は不思議な作家である。以前から地上よりすこし上、中空から見下ろしているような、透明な視線を感じていた。ときどき、急にその視線が気になって読み返してきた。これからも、そうなるだろう。

たとえば、海が鉄扉によって情け容赦もなく遮断され、埋め立てられようとしている諫早《いさはや》湾内を歩いて、目の前にどこまでも、まるで撒き散らしたかのように、大量の白い貝の死骸が拡がっているのを目撃したときである。あるいは、福島県浪江町の、大震災のあと、まだまったく手つかずの海岸に、大波を受けて崩れ落ち、流れだした堤防の残骸が転がっている光景を眺めたとき。その下で大量の放射能をふくんだ波に身を任せている、貝や蟹やエビや虫たちの小さな命に、思いをおよぼすようになったのは、『苦海浄土』や『椿の海の記』の影響なのだ。

海と陸のあわいにある渚や海にそそぐ川岸で、目には見えない虫けらが哭《な》いているのを、石牟礼さんは掬い上げた。わたしたちがその世界を知ることができたのは、彼女の尋常ではない眼力と聴覚によってである。

「微粒子のような泥のたまりがあると、睫毛《まつげ》をみひらいたような蜆《しじみ》の目がふたつ並んでいるのだった」（『椿の海の記』）

福島原発事故のニュースを聞いたとき、わたしは、中尊寺落慶供養願文の一節を想い起こした。「古来幾多《こらいいくた》なり。毛羽鱗介《もううりんかい》の屠《と》を受けし、過現無量《かげんむりよう》なり。精魂《せいこん》は、皆他方《みなたほう》の界《かい》に去り」。獣も鳥も魚も貝類の精魂もみな人間と平等に一緒に祀られているのだ。

石牟礼さんに最初にお会いしたのは、『苦海浄土　わが水俣病』（講談社）を出版された直後だった。ある週刊誌の取材でインタビューをお願いしたい、とお宅を訪問した。割烹着姿で玄関先に出てこられて、「これから、部落の寄り合いがあります。お付き合いですから」とはにかむような笑顔を見せた。

わたしのことより、ベッドに寝たっきりの松永久美子さんのことを書いてください。つまりは、取材を断られたのだが、自分なんかよりも、患者さんを、という姿勢によっている。それは『苦海浄土』の、第一回大宅壮一ノンフィクション賞の受賞を、辞退したことにも通じていよう。

記憶によれば、松永久美子はそのころ一六歳ほどの少女だった。意識はなく、長く、美しい睫毛をしばたたかせているだけで、ことさら残酷さを感じさせた。

水俣病患者の運動は、一任派と訴訟派とに分裂させられていた。石牟礼さんは水俣病市民会議の会員で、裁判闘争を支援していた。そのあと、厚生省前に坐り込みに来られたのでお会いしに行った。このとき、ある新聞社の敏腕で鳴る記者が、石牟礼さんになり代わって代筆した坐り込み闘争記に、署名してほしい、と依頼していた。

スクープ狙いだが、エリート記者にとっては、地方に住む「主婦作家」のひとりとしてしか、石牟礼さんを見ていなかったのだ。

のちに熊本市のお宅を訪問して、その話をしたのだが、「わたし、引き受けたかしら」と問い返された。その非礼は覚えているほどのことではなかったようだ。

「私達は『手負い猪』になるなら、最も悲惨・苛烈・崩壊・差別の原点『水俣』から日本を血だるまで駆けめぐりたい」(『天の魚』)

石牟礼さんも参加した、チッソ本社前での、川本輝夫ほか坐り込み患者一同のビラの一節である。石牟礼文学が、「ほろぼされるものたちになりかわ」(『苦海浄土』)って、書き留める決意から出発していることを忘れることはできない。

エリート記者の東京言葉ではない、「土語」による世界への出発だった。東京の文学について石牟礼さんはこう語った。「心の襞《ひだ》というのか、デリカシーが限りなくたりないような、もっと

人間のこころというのはちがう」（二〇〇六年九月一日『週刊金曜日』、取材・鎌田）
村々の選良たちは東京に行ってしまって、故郷の底辺の気持ちを知らないまま、都市市民になってしまうからだ。「方言を新しい語り言葉として甦《よみがえ》らせてゆけば、水俣の現実をいくらか書けるかなと思って書きはじめたのです」と石牟礼さんは、謙遜した。が、自然の声、水俣死者たちの声を、こころで聴き、地方住民の現実の言葉で描く、あたらしい石牟礼文学が誕生した。
石牟礼さんは、「大廻《うまわ》りの塘《とも》」（『椿の海の記』）のことを心配していた。「この塘一帯はいま、チッソの八幡プール残渣《ざんさ》の下に生き埋めのまま、神々とともにあった、ひとびとの壮大な魂の世界は水銀漬けとなり、わたしの村の目前にある」
チッソの汚染は海を中心に心配されてきましたが、かつて河口岸に大量に捨てられた有機水銀をふくむ、カーバイトの堆積が、将来どうなるか、それが心配です、と力を込めて語っていた。石牟礼文学は、亡くならない。これからも凝視し続ける視線を、わたしはやや右上のほうにいまも感じている。

（かまた・さとし　ノンフィクション作家）

蓬が杣

坂口恭平

部屋の軽い扉を開けると、ベッドに道子さんが寝ていた。いつもの風景だ。寝心地が悪いのか僕が到着するやいなや、体の角度を変えてくれ、背中に敷いてるクッションの場所を少し移動してくれと言った。そしてストローの入ったコップを手渡した。ティッシュを取って渡すと、道子さんは自分で口元についた水滴を拭いた。

最近どうですかと道子さんが聞いてきたので、『家の中で迷子』という本を書いてますよと答えた。すると道子さんは「わたしもそうですよ。家の中で迷子です」と口にした。そして道子さんはテーブルの上を指差した。そこには一枚の紙が置いてあり、道子さんの直筆で詩が書いてあった。

魂の遠ざれき

きょうも雨
あすも雨
わたしは魂の遠ざれき

（注）当地方では、魂がゆくえ不明になることをいう

その詩を見ながら読みながら、僕は自然と口ずさんでいた。歌が生まれていた。道子さんと顔を見合わせると「なかなかいいですねえ」と道子さんは真顔で言った。そこで僕はもう一度、腹から声を出して歌った。道子さんは黙って聞いていたが、しばらくすると口を開いた。

「わたしも歌いたい」

これまでも道子さんの前でいろいろと歌ってきたが、道子さんが自分でも歌いたいと言ったのはこのときが初めてだった。なんでもいいから一緒に何かつくりましょうよと僕はたびたび言っていたのだが、そうやって二人で気合いを入れてしまうと道子さんはすぐに発作を起こしてしまう。それでよく道子さんの体に負担をかけてしまっていたので心配したが、やっぱり僕も道子さ

んの創作意欲を止めることはできない。それは喜びであり、幸福そのものだ。気づくと、僕は道子さんの前でふたたび「魂の遠ざれき」を熱唱していた。

「でも生唾が喉にひっかかって、声がでません」

道子さんは残念そうに言った。しかしそのかすれ声はとてもきれいに響いていた。

「そのままの声でいいですよ」

そしてゆっくりと二人で歌った。いつも何かつくろうと言い合っていたが、初めて二人でつくりあげた歌だった。道子さんは疲れたのか、歌い終わると目をつむって長く息を吸った。いかんいかん、これではまた道子さんの体調が悪化してしまう。我に返った僕はとりあえずゆっくりしてもらおうと、本でも朗読して聞かせようと思った。

テーブルの上に置いてあったのは文庫本の『平家物語』だった。僕は目次を開いてすぐに目に入ってきた「月見」という章題を読むことにした。

僕は右手で太ももをぱちんと叩き拍子をとりながら、朗読した。福原に遷都した年の秋、多くの人々は新しい都で月見を楽しんでいた。しかし徳大寺実定は旧都である平安京で見た月が恋しくなり、福原からわざわざ訪ねてきた。ひと気のない廃墟と化した旧都の景色が目の前に浮かんだ。道子さんが体を痙攣させている。発作が起きたのかと焦ってみたが、よく見ると目をつむったまま道子さんは踊っていた。

何事も皆かはりはてて、まれに残る家は、門前草深くして、庭上露しげし。蓬《よもぎ》が杣《そま》、浅茅《あさぢ》が原、鳥のふしどと荒れはてて、虫の声々うらみつつ、黄菊紫蘭《こうきくしらん》の野辺とぞなりにける。

「蓬が杣ってなんですか」

道子さんが目をつむったまま、突然口を開いた。

僕はつい景色の中で立ち止まった。風もないのに蓬の群れがさっと揺れた。猫かキツネでもいるのだろうか。昼間なのに薄暗く、突然夕暮れに気づき一人でいるのが怖くなったときを思い出した。僕は幼く、背丈よりも高い植物に囲まれていた。動き回る蓬を目で追っている僕はずいぶん年老いていた。

蓬の根は地面の下で、思うままに伸びていた。人々は蓬のことを煙たがり、小さな芽を見つけてはさっと指でつまんで草むらの中に投げた。僕は誰も知らない道を歩いている。その先に蓬が鬱蒼と生えていた。

「蓬が生い茂り、荒れ果てている様子って書いてありますね」

僕は朗読を止め、注を見ながら道子さんに答えた。ところが蓬の葉がこすれる音は鳴り止まなかった。

「蓬は女の子ですかね」

道子さんの寝ているベッドのシーツの皺がやたらと目に入った。コップの水に光があたっている。道子さんは岩のように見えた。波が当たり、潮水がこちらに浸み出ていた。肌寒く感じた。ざっぱあんと波がいちど高く上がった。十歳くらいの女の子が岩の上に立っていた。草履をはいて、裾をまくって太ももがあらわになっていた。夜明け前なのか、空はもぞもぞとまだ真っ暗なままだった。

「小さい頃の道子さんみたいですね」

桃色の着物を着た女の子はしばらく月を見ていた。月はやけに明るく、大きな輪っかは玉虫色に光っていた。蓬は後ろを振り返ると、草の生い茂る道を歩きはじめた。鳥の鳴く声が聞こえる。

「イシトビが朝の歌をうたってます」

聞いたことのない鳥の名前だった。

「あいつは好きなところにしか飛ばん」

蓬は独り言をいいながら、石の上を飛びながら川を渡っていった。川辺に生えたコケの上でイモリが休んでいる。黒いイモリは蓬の足が近づくと、嘘みたいに消えていなくなった。川の水は知らんぷりしてただ流れていく。僕は道子さんのほうを見た。道子さんは上を向いたまま眠っていた。口が少し開いていた。蓬は川辺で腰を下ろすと、右手でさっと水をすくって飲んだ。僕は水の塊の手触りを感じた。

道子さんには景色が見えていて、今のこの時間もまた生き物の群れのように軽やかに泳いだり、樹皮の上を這ったりしている。平家物語の月と同じ月なのか、今はまだ昼間だ。月は白く青い空の中に浮いている。穴があいたような月見の夜とは違うが、僕は岩を見たし、その向こうには海が広がっていた。蓬はそこに生えていた。蓬という女の子はそこで生きていた。それをたった今見た。蓬はずっとここにいたのか。声に出して読むとこうなるのか。道子さんはそれを知っていたのか。知らず知らずくっきりと輪郭線が見えてきた。人間も森も波の音も鳥の声も。ここにいたことに気づくと、音は少しずつ大きくなっていく。僕の体も大きくなったり、小さくなったりした。幼い時に感じたことと、道子さんが今感じていること。どちらも僕と道子さんの間のなにもない場所にごろんと転がってきた。これは僕だけに見えていることなのか。いや、僕は道子さんの声を聞いてそう感じた。道子さんにはまた別の景色が見えているのだろう。それぞれに時間が流れていて、そういったいくつもの時間が、名前の違う魚のように海の中にいた。

足は地面を感じている。道子さんは海に浮いているように見えた。いや、道子さんが海に見えた。蓬は黙って海の向こうを見ている。

どれもここで起きていて、僕はその時間の中にいる。

これはつくるときなのではないか。

道子さんは戸になって、風に吹かれたり、人が手で開け閉めしたりしているのをただ黙って聞いている。

イシトビはどこにいるのか。しかしその鳥は今も飛んでいる。

僕は鳥の名前をほとんど知らない。知らないのに、鳥のことに気づくことがある。

道子さんと感じたこの時間は昔からずっと流れていた。

景色が生きていて、そこにいる人間もまた生きていて、それが僕と道子さんの間に生きている。

そう感じると、戸はどこにでも見つけることができた。開けると鬱蒼と蓬が茂っている。

蓬を見つけると、僕はつい食べる。

蓬という女の子が僕の体を使って食べている。

僕の体を使って、道子さんが生きている。

道子さんがあらわれた。

どんどん駆け回って、朝の道子さん、川の水がはねかえって、濡れても平気な道子さん。蓬の姿で走り回って、飛び上がればイシトビになる。どこにいるのか探してもイシトビは出てこない。

声は聞こえる。懐かしく響く。でも毎日聞こえる。

僕は声に出して、この文を読んでいる。

そのたびにイシトビが鳴く。

好きなところに飛んでいった。

（さかぐち・きょうへい　作家）

かなたの人

高山文彦

私が初めて石牟礼さんに会ったのは、今から八年前の三月十四日のことだった。渡辺京二さんが「詳伝年譜」（『石牟礼道子全集別巻』藤原書店）に書いておられる。

二〇一〇年、リデルライトホームでの生活は快適で、相変らず見舞い客が多かった。三月十四日、高山文彦が初訪問。道子は甥っ子のような親近感を覚え、以後親しく交わることになる。

石牟礼さんは大腿骨を骨折し、二十四時間介護の必要から、熊本市内の特養老人ホームに入所しておられた。渡辺さんに導かれて入った居室には、この世の片隅にやっと生まれ出たような危うげな童女が静かに立っていた。その人は私を見るなり、なんとも言えぬ笑みを顔いっぱいにひろげ、つられて私も顔いっぱいに笑みを返した。

なにか私はこの人といると、照れくさいような、懐かしいような、怖いような感情にとらわれた。叔母のように慕わしく思うのに、うまく言葉をかけられないのだ。年月を追うごとに衰弱してゆく彼女の手を撫で、髪を撫で、肩や足を揉んだりした。抱えてベッドに寝かせてやろうとすると、骨が直接手のひらに感じられるまでになっていた。

「草の一本も生えないシベリアの氷原で暮らしている民族が、犬橇《いぬぞり》で千キロほど南下していったら、一本の大きな木に出会ったそうです。彼らはどうしたと思いますか」

「さあ……、どうなさいましたか」

「犬橇を捨てて駆け出して、木の前に額づいたそうです」

「ほう、駆け出して、額づいた!」

このときの喜びようは、他に見たことがない。手料理を並べる渡辺さんに、今聞いたばかりの話を熱心に語りかけるのである。宇宙や自然から言葉と物語を授けられたこの人は、こうした話が大好きだった。

しかし一方で、故郷喪失の悲しみに耐え続けねばならぬ人でもあった。自らすすんで出郷した者としての、ひりつくような加害の痛みに苛まれていたのではあるまいか。旺盛な生命力に恵まれたこの人は、あれほど怨念を滾《たぎ》らせてきた近代文明のど真ん中を生きながら、以下のように他人に託して自己のありさまを表明する人でもあった。

人びとは、後に残して来た故郷の声を背負い、樹の下陰に立ってそれとなく見送っていた祖父母とか古老の姿から、魂の形見をあたえられて出郷したのである。ふたたび帰ることがなくとも、それは一人の人間の心の奥処や夢にあらわれて、その人の一生につき添っていた。

(『ちくま日本文学全集　宮本常一』)

宮本常一についてこのように綴る彼女は、自己の流離の宿命を宮本に重ねている。その宮本とは〈彼方を夢みて旅の人となった〉のであり、〈その旅は山川の召命を受けて、人の住む大地を生起さすべく出発された感がある〉と書いているのも、自己の表明であったろう。

この人は「水俣に帰りたい」とは死ぬまで言わなかった。離れて暮らしてきた夫が死ぬときでさえ「水俣に行きたい」と言った。彼女は「ふたたび帰ること」をあらかじめ自ら断った、たいへん自覚的な故郷喪失者であり、近代文学の洗礼を水俣の片田舎でいち早く雷のように受けて、「彼方」へと旅立ったのである。そうして、ほんとうに彼方の人となってしまわれた。

石牟礼さんは息を引きとる寸前、それまで閉じられていた両目を不意にひらき、涙を一滴こぼしたという。一人息子の道生氏が喪主挨拶で披露したこの話を私はときどき思い出し、あれは悲しみの涙であったか、感謝の涙であったかと考えてみるのだが、答えはわからない。この世の最後にあって、なおもこのようにドラマチックであったことは、私のみならず彼女に関係した多くの人々にとって慰めとなるだろう。
渡辺さんは彼女の死を「人々に花をまき散らして死んだ」と言った。まさに天から花びらが舞い散ってきそうな今日の空もようだ。

（たかやま・ふみひこ　作家）

魂入れの振る舞いとして

平松洋子

石牟礼道子さんに最後にお会いしたのは昨年〔二〇一七年〕十一月、風の強い日曜の昼だった。熊本文学隊主催のトークイベント「いま石牟礼道子をよむ」第四回、伊藤比呂美さん、枝元なほみさん、私の三人で石牟礼文学における食について語り合った翌日のこと。

入院中の病院の一室に入ると、ベッドに横たわる石牟礼さんは一昨年前にお会いしたときより小さく小さくなられ、異界の淵にちょこんと腰掛けているかのよう。しかし、それぞれが挨拶をすると、眼光に鋭気が宿る。比呂美さんが顔を近づけ、「きのう三人で、石牟礼さんの文学について話したんですよ」と言うと、空気混じりのか細い声で、しかし、確然と仰った。

「ほんらいなら私のほうから伺わなければいけないのに」

胸を突かれた。身動きもままならない体で、「私のほうから」――寄り添いつつ、激しい。こんにちまで九十年、ただなかで生きる人、我が身を投じて闘う人の言葉であった。

石牟礼さんの言葉と沈黙に耳を澄ますとき、つねに緊張をおぼえた。畏れを抱いたというほうが正しい気がする。柔らかく静かに話されるのだが、魂の片鱗が発せられた気配にたじろいだし、沈黙の時間には漂浪《され》く魂を思った。

初めてお会いしたときもそうだった。二〇一五年春、新潮社の季刊誌『考える人』の取材で、熊本市内の介護施設の居室を訪ねた。「ようこそいらっしゃいました」とにこやかに迎え入れてくださり、話し始めてほどなく。

「今日はいつだとか、何月何日だとか、わたくしにはそういう考えがないんです。時間が、ずーっとひと繋がりに続いていきます」「子どものころから、世の中には自分は合わないと思っておりました」

今も、ですか。あえてお訊きすると、言下に「はい。今もそう思っております」。

自伝『葭の渚』に綴られた幼い頃の渚の情景について伺うと、紙片を引き寄せて鉛筆を走らせ、岩場の地図を描いて説明して下さる。アサリ、サザエ、サクラ貝、真珠貝、ハゼ、エビ……夥しい生き物の名前を呼ぶ石牟礼さんは、『椿の海の記』のみっちんである。マテ貝は砂の穴の中に棲んでいるんですが、貝採りが上手なはるえさんに教わって、棒の先でこう、砂地に穴を開けて塩を入れると貝がぴょんと飛び出ます、そこをすっと採ります。

『苦海浄土』の一節が浮かぶ。

「あねさん、魚は天のくれらすもんでござす。天のくれらすもんを、ただで、わが要ると思うしことって、その日を暮らす。

　これより上の栄華のどこにゆけばあろうかい」

（第四章「天の魚」）


荘厳な金いろの光が降り注ぐかのようだ。人間に与えられた恩寵、自然との官能的な結び合いをこれほど輝かしく、誇らしく、かつ精確に表した文章をほかに知らない。

なぜ繰り返し食べ物のことを書いたのだろう。書かずにはおられなかったのだろう。『苦海浄土』全三部には、水俣の惨禍とともに入れ替わり立ち替わり無数の食べ物が登場する。あをさの熱い汁、茹でた巻貝、潮で炊いた飯、鯛やおこぜのぶえんの刺身、藁づとのにぎりめし、だしじゃこ、団子、蜂蜜……不知火の潮騒が香り、のどが鳴る。

「人間は、お米さまと、魚どもと、草々に、いのちをやしなわれて、人間になるものぞ」

（『第二部　神々の村』第一章「葦舟」）

食べ物ひとつひとつ、石牟礼さんにとって輝ける命のかたちであると同時に、近代化や文明によってもたらされた喪失の表象でもあった。それを踏まえたうえで、料理する、食べる、味わう、いずれも等しく魂入れの振る舞いと捉え、実践し、水俣の病苦や差別に苛まれる人々を一身に受けたのち彼らの真実を世に送り出すのと同じく、語り言葉をつうじて米や魚や草々を奉っておれた。そのおこないを生涯貫かれたのも、やはり石牟礼道子ただひとりである。

二〇一六年夏、居室をお訪ねしたときのこと。炊飯ジャーひとつを自在に操り、得意の煮染めと炊き込みご飯を比呂美さんと私にふるまってくださった。黒砂糖や醬油、酒を巧みに使って煮た皮つきのにんじん、干瓢で束ねた昆布、身の厚いじゃこ。もち米の炊き込みご飯に混ぜたじゃこは指で細く裂き、腹わたを取って椿油で炒めてあった。どちらも黒砂糖や椿油で艶々に光り、こっくりと深い風味がとんでもなくおいしい。「うん、成功しましたね、おいしいです」。石牟礼さんは目を細めて頷かれた。

あの味を想うと、猛烈におなかが空く。ぽっかりとした空腹は生の証だろうか。訪ねてももう熊本ではお逢いできない喪失感だろうか。しかし、天のくれらすもん、この世の万物に石牟礼道子そのひとがいまは寄り添うておられるのだから、寂しくはない。合掌。

（ひらまつ・ようこ　エッセイスト）

捨てられた魂に花を

町田　康

昨年（二〇一七年）、東京・高円寺で石牟礼道子さんの詩や小説、俳句や新作能を朗読した。朗読の練習を始めてすぐに気が付いたのはそれが尋常の文章でないということで、読むうちになぜか気が高ぶり、当初はあまり抑揚を付けないで一定の調子で読もうと思っていたのにもかかわらず、読むうちに気持ちが入って叫ぶように読んでいたり、節が付いていていたり、同じ言葉をリフレインしていたり、そしてときに涙が零《こぼ》れることもあった。

なんでそんなことになるのか。それはもしかしたら石牟礼さん自身にもわからなかったのかもしれない。石牟礼さんの手法のひとつに「聞き書き」というのがあって、人の話を聞きに行き、それを元に文章を書くことによって現実に迫る、現実を言葉に表す、ということらしいが、石牟礼さんは話さぬ人の言葉――それは、いま私たちが聞いてもなんのことだかわからない、言葉と気持ちが一体化した気配のような言葉であるのかもしれない――を聞き、書く人だった。或いはそれは人ですらない犬や猫、野生動物、虫、或いは動物ですらない草や木や、もっというと生物ですらない石ころの話を聞いて書く。

と言うと、「人間だけでなくそうした虫けらや雑草といった下等なものにまで優しい眼差しを注いだ人だったのですね」なんて思うかもしれないが、そういう感じでもなく、もっと等しい感じというか、むしろ虫や草の側にいて、そしてそっちの方が存在として遥かに重いと実感しているような感じがあった。

そしてそうしたものの言葉を文章にするとき石牟礼さんには、それらが口に出しては言わないことを言葉に置き換えているという自覚がありながら、それが間違っていないこと、それがそう言っていることに対しての絶対の自信、確信のようなものがあったのではないだろうか。

お目にかかったとき猫の話になった。「最近、あまり猫と遊んでやれないんですよ」と言う私に石牟礼さんは、「あれは遊んでもらってるのでございます」と仰った。

私たちはひとつの方向に進むとき、その妨げになるものを切り捨てて進まざるを得ない。その結果、あまり進めないこともあるだろうし、方向を変えることもあるだろうし、ひとつの方向にサクサク進むこともある。そして私たちはこの百数十年間、ときに大失敗しつつもひとつの方向に進んできた。そのことが正しいか間違っているかはいまはわからないが、多くが切り捨てられ打ち捨てられてきたことは間違いない。

それらの魂の声を聞き、それらに花を手向ける。それが石牟礼さんの仕事だった。聞いた以上は書き、手向ける花は言葉であった。それらはすべて言葉でなされた。百年のうちそれをした物書きは石牟礼さんただ一人だった。後に続くものはない。

一昨年、お目にかかったとき、「これから書きたいものがある」と仰っていた。私たちはついに此《こ》の世を離れた石牟礼さんの声を、石牟礼さんのように、聞くことができるだろうか。朝日が射し込む部屋でカーテンを閉め切ってこの文章を書いた。これから静かな夜になりますように。

（まちだ・こう　作家）

悶え加勢する

永野三智

私は二十四歳で水俣病センター相思社に入るまで、本当に、生きるということに精一杯でした。学校へもろくにいかず、十代から子育てと生活に追われ、文学というものに触れた記憶はありません。相思社の設立メンバーであり、長年支えてくださっていた石牟礼道子さんの本を読むこともなく水俣へ帰り、水俣病と関わる仕事をはじめましたが、仕事を通して研究者や支援者と多く知り合うなかで、この世界に目を向けたきっかけが石牟礼文学との出会いだったという方が、本当にたくさんいることを知りました。

一方で水俣に生まれ、子どもの頃から水俣病患者や胎児性・小児性患者が身近だった私にとって、彼らの水俣（病）に対する想いはどこか過剰というか、浮足立ったものに感じられることもありました。そのため、石牟礼さんの文学に対しても何か怖いもののような印象を抱いていましたが、今では、文学のちからで、これほど人々を行動へと動かした人は居なかったと思っています。

石牟礼文学との出会いから水俣病を知った人々が、世界初のメチル水銀中毒であるとか、公害事件の悲惨さ、規模の大きさ、事件性の強さとか、そのどれでもなく、石牟礼さんの文学が発している魅力によって水俣（病）に惹きつけられ、患者を憂う、水俣病事件に憤る、そして水俣という土地を想い不知火という不思議な響きの名のついた海を夢見るのは、彼女の作品世界をいちど通ってきたからだと思います。

相思社に入って三年ほど経った二〇一一年の四月末、「本願の会」の企画で「日本の黒い水」（石牟礼道子著『苦海浄土』が原作）という浪曲を聞いた私は、当日の様子や感想を手紙にして石牟礼さんに送りました。数日後、石牟礼さんから返事が届き、「遊びにいらっしゃいませんか」とありました。手紙にあった番号に電話をし、五月の連休明けに伺うことにしました。

その頃の私の趣味は、娘との散歩でした。遠くに連れて行ってやることはできないけれど、歩きながら小さな野苺を摘んで口にほうり込み、山へ行って甘夏みかんの花のむせ返るような甘い香りを吸い込み、のどが渇くと神様のいる水源で湧水をすすり、海岸に出て、ビナや亀ん手をひろい、時には小さな小舟を借りて海にくりだしました。

そんなふうにして休みを過ごした週明け、早起きをして甘夏の花と野苺を摘み、熊本市にある石牟礼さんのお宅へ向かいました。当時八十四歳だった石牟礼さんは、震える細い指先で野苺をつまんで眺めてから口に入れ、「あぁ懐かしい」と言い、ご自身の子どもの頃によく採った野苺や、やまももの木の話をしました。甘夏の花を出してテーブルに並べると部屋が甘い香りに包まれました。石牟礼さんは深呼吸をして一言、〝水俣へ帰りたい〟と言い、そして相思社の話になると、長い間ずっと心配していたとおっしゃいました。その時のことが、『なみだふるはな』という本の「野苺の記憶」というあとがきに書かれています。

それ以来ときどきお会いしたり、電話でお話をするようになりました。石牟礼さんはよく電話を下さいました。患者担当として水俣病の症状を背負った人たちの相談業務を任せてもらっていた私にとって、電話を頂いたり、お宅へ伺ってお話をしたりする時間は、しばしの休息のようでした。そしてそれまで抱いていた文学に対する「畏れ」のようなものも次第に薄らいでゆきました。

その頃のエピソードをいくつか紹介すると、突然「にゃー、にゃー」と声がすると思い辺りを見回すと、石牟礼さんが「よし、よし、よし」と携帯電話を手に取ると「どちら様ですか」と電話にお出になりました。その姿がなんだかおかしくて、つい笑ってしまうと、電話を切ってから「水俣におるときは、多いときには十三匹も猫を養っていましたのよ、でも今は足が悪く猫がちょろちょろすると危ないから」と初めて身近に猫がいない生活を送っているそうで、「寂しくて、せめて携帯になりと猫の声を入れているのよ?」と携帯電話を愛おしそうに撫でていらっしゃいました。

石牟礼さんは、ご自身のことをよく、「ずっこけ人間」と言っていました。普段の私は人の何倍もずっこけていて、生きづらくて、生きづらいから、「もうひとつのこの世」を自分で作り上げて、自分だけはその中に居る。日常に戻ると普通の会話をしなきゃいけないけど、魂は限り無く遠いところに迷い込んで遊んでいて、現実に戻って来るまでに時間がかかる。人から何かを言われると、すっとんきょうな答えをしてしまったり、とんでもなく会話が食い違ったりすると。「でも食い違っているようには思えませんよ」と私が言うと、「今日は魂が遊びに行ってしまわないようにつなぎとめておるのです」とおっしゃっていました。

石牟礼さんは、子どもの頃の話もよくなさいました。家にいらしていたおじいさんおばあさんたちが、いろいろなお話をなさるのを楽しみにしていたそうです。石牟礼さんのお母さんは、そういう人たちに焼酎を出すから、みんなが「今夜は何ば語ろうかい」と、若い時に体験したことを語りだす。「さてどうやってみんなを喜ばそうか」と考えて、自然とつくり話も混じる。聞いた相手は、「嘘ば語りなさった」とは言わず、「きょうの話にはよう花ん咲いたな」と楽しむ。体験しないことでも体験したように、自分の体験を花にしていろんなことを語るのが魅力的で、それでお年寄りが大好きだったそうです。「それを聞いていたから、文章を書くのにも無意識に花を咲かせている」と言っていました。「こんな悲惨な状況ばっかりじゃない、目の前の状況は悲惨で、でも悪かときばかりじゃ生きてはおられないから」と。「地域社会に棲みついた、底辺の人たちに育ててもらったと思っているから、そういう人たちにご恩返しをしないと、と思っている」。

「怨旗を大切に、なるだけなら長くそのままの状態で保存してください」とも、よく言っていました。相思社の持つ二十二万点の資料群については、いつも心配してくださっていました。相思社が運営する「水俣病歴史考証館」には『苦海浄土』や『花を奉る』の直筆原稿や書なども展示していますが、それよりも、かつての水俣病患者運動のシンボルである「怨旗」を気にかけてくださっていました。

「怨」＝怨みというと、怨念とか怨霊とか、恐ろしい、怖い印象があります。じっさい怨旗によって水俣病運動はそういう印象をあたえてしまったようです。昔の写真をみると最初は「怨」の字がプリントされていないただの黒旗を立てあげていたようです。「怨」の字は、石牟礼道子さんの案で書かれるようになったそうです。石牟礼さんが「怨」という概念を運動に持ち込んだのは、患者運動が金銭による補償を求めるだけの運動となることを直感的に危惧したのではないかと私は思います。何によっても償うことのできないもの、いのち、取り戻せない健康、それだけでなく、食、くらし、経済、習慣、それらすべての土台であった豊かな海。

いま水俣病歴史考証館には何本もの怨旗が展示されていますが、考証館の展示物にはみな見えない「怨」の字が刻印されているようにも思えます。水俣病をめぐる言説には「赦し」がテーマとなることが多いですし、「赦し」が美談となって伝わっています。しかし何をもってしても代替できない、かけがえのないものを奪われたこともまた事実です。怨みを残していく、怨みを語り伝えていく、というと、眉をひそめられそうですが、私たちの仕事はそれです、水俣病事件によってかけがえのないものを奪われた者たちの怨みに悶えながらここにいることです。

私は今も相思社で患者担当をしています。資格は何も持っていません。患者の体を治せるわけでもなく、できることは何もない。無力をひしひしと感じていました。それなのに、次々に電話を下さっては、訪れる患者の人たちを前にして、何もできない自分への漠然とした悩みと、やりきれなさを感じていた私に、石牟礼さんは「悶え加勢」という言葉を教えてくれました。「あなたは悶え加勢しておられるのね」と。苦しい人が目の前にいる時に、何もできないのだけれど、その人の目の前を、家の前をただおろおろとさまよいながら、悶え加勢する、それだけで、その人の心は少し楽になる。これからもそれをすれば良いと。それを聞いてから、私の心も少しだけ楽になりました。何かができるようになることは大切だけれども、それができない今、それでも分かりたいと思う気持ちを持って。それは今に至るまで、私にとって自分を鼓舞する言葉であり、慰めの言葉でもあります。

伺うあいだにインタビューの真似事のようなことを試みましたが、緊張に加え何しろ文学に疎いために気の利かない質問しかできないでいるこちらを察してサービスするかのようにたくさんお話ししてくれました。ときには三時間を超えるインタビューをして、何日もかけて録音を原稿に落としてみると、実に理路整然としていてほとんど編集する必要が無く、さすがは文学者なのだなと驚いた記憶があります。その記録は、相思社の機関誌『ごんずい』などでお読みいただけます。

（ながの・みち　水俣病センター相思社）

道子さんが逝ってしまった。

宮本成美

「……それは、多くの若い人たちが、集まってくれましてね、カンパや支援に。含羞に満ちた顔で、ニコニコ立ってくれたんですよ」

一九七〇年代初めの激しかった東京行動を振り返り語りながら話す、道子さんのコトバを聞いたことがある。七一年一二月八日から始まる、川本輝夫さんたちを中心とする対チッソ自主交渉の座り込み行動は、多数の若者たちを引き付けた。そしてその行動は、それまでの都会の街頭闘争や学生運動とは、確かに違う質を持っているように感じられ、都会の住人達にも受け入れられていた。「含羞を湛えた青年たち」は、しかし、石牟礼さんたちが言葉と文により作り出した者たちであったと、遅ればせながら私は確信している。そして、そのことへの責任＝罪を、道子さんは、自覚しているように思えた。

「祈るべき／天と思えど／天の病む」

この句をどう解釈するかについては、いろいろ説はあるだろうが、私は、初めの五文字が気になる。祈るという以上、「ともに」という気持ちが、どこかに付いているはずだ。人と人の関係の中で（人間＝じんかん）人は人になり、いつか生き詰まり、祈る必要が出てくる。それは、「人とは何か？」の疑問に、答えられないからではないか。明らかなことは、この問に答えがないことであり、そのことはある意味自明であるとすれば、道子さんは、この句で「天」をバッサリ切り捨てている。道子さんは、しかし、それでも祈らずにはおられない。自らの悲しみに殉じて。天を持たない我々が、「ともに、祈る」時、隣に、誰が、何がいてくれるのか。水俣病事件とは、そこに関わるモノにこのような自覚を求めてくるのかもしれない。

水俣で、「おろおろ神」の話を聞いたことがある。何の力も知恵もないが、困っている人や事を見ると心配で、じっとしていることができずオロオロされきまわるそうだ。道子さんは、ご自分と患者さんの関係をこの「おろおろ神」になぞらえて話していた。間違った言い回しかもしれないが、道子さんは、言葉が生まれる以前の世に、身を置けた人ではないか。その世と現代社会の狭間のキワキワに立って、私たちが使う言葉＝関係性を紡ぎ直し織りなおして、美しい文学として届けてくれたのではないか。と考えると、道子さんが若者たちに語った「もう一つのこの世＝じゃなかしゃば」の在処も判るように思える。

（みやもと・しげみ　写真家）

石牟礼さんの「加勢」

米本浩二

石牟礼道子さんは「加勢」という言葉が好きだった。晩年、入退院を繰り返し、ベッドに横になっていることが多くなった。私は、取材と介護を兼ねて週に一回、熊本市の石牟礼さんを訪ねていた。

横になっている石牟礼さんに「なにかお手伝いしましょうか」と言うと、浮かぬ顔をされるのだ。「加勢に来ました」と言うと、「あらー、加勢に来てくださったの？　それでは筆記をしていただきましょうかねー」と表情が生彩を帯びる。

「手伝い」と「加勢」の違いは何かと私はいつも考えていた。ある日、原稿用紙の持ち合わせがなく、カレンダーの裏に文字を書いていた石牟礼さんが、ふと顔を上げて、「わたくしは闘っています」と言った。なるほど、と私は思った。石牟礼さんの日常が闘いであると考えると納得がいく。闘争のあと押しは「手伝い」よりも「加勢」でなくてはならない。

石牟礼さんの補佐役を長年務めた渡辺京二さん作成の石牟礼道子年譜には、「厚生省補償処理会場占拠に付添いとして参加」「川本輝夫を先頭とするチッソ東京本社占拠（自主闘争交渉）に付添いとして参加」とある。石牟礼さんを深く理解する渡辺さんが「付添い」とわざわざ書いていることに注意しなければならない。厚生省占拠やチッソ本社占拠は石牟礼さんが主体的に行ったのではなく、あくまで「加勢」なのだ。そんな石牟礼さんの心情を渡辺さんは察して、「付添い」と書くのだ。

チッソ占拠の際、チッソの社員から「お前が張本人だろう！」としばしば面罵された石牟礼さん。そばにいた渡辺さんは「張本人？　まったくその通り」と思っていたという。それでも石牟礼さん自身は「加勢」であるという立場を崩さなかった。

石牟礼さんは老年になって、水俣病患者の杉本栄子さんの「許す」という言葉によく言及した。「私はもう。許します。チッソも許す。病気になった私たちを迫害した人たちも全部許す。許すと思うて、祈るごつなりました。許すという気持ちで祈るようになってから、今日一日ば、なんとか生きられるようになった」

死の一年前の栄子さんの言葉である。「怨」の吹き流しを掲げてチッソと対峙した石牟礼さんだが、闘争から月日がたつにつれ、「怨」はもういらない、利益・効率重視の近代がおかした罪をみんなで自覚し、償おう、という考えに変わっていった。そういう心境の変化の象徴が「許す」

である。

しかし、石牟礼さんは、患者さんの「許す」という言葉を紹介しながらも、みずから「許す」と言うことは決してなかった。「許す」というのは水俣病患者だから言えることであって、「加勢」しているに過ぎない自分が自分の言葉として言えるはずがない、そういう厳しい自覚があった。

主導であろうと、加勢であろうと、石牟礼さんが患者救済闘争に命を懸けたのは間違いない。闘争の後遺症は確実にあった。他人の苦しみに同調して自分も苦しむ「悶え神さん」の石牟礼さんだが、患者さんの苦しみに思いをはせるだけではなく、加害企業のチッソの首脳の心労を察して、悶えるのだ。最晩年、ベッドに横になったまま、「チッソの島田（賢一）社長がいらっしゃいました」と口にすることがあった。「島田さんはもうお亡くなりになっています。幻です」と言うと、「病気（パーキンソン病）になったら、すべて忘れられると思ったのに」と涙を流すのだ。

幼少期から世の中とそりが合わず、深い孤独を生涯の伴侶とした石牟礼さんは、この世と調和して生きたい、という願いがあった。騒ぎを起こしたいわけではない。円満に生きられたらどんなにいいだろう。患者救済に奔走すればするほど、異端者と地域からみなされる苦しみ。水俣では現在も複雑な視線を石牟礼さんに向ける人は少なくない。

二〇〇四年に水俣の浜で上演された石牟礼さんの新作能『不知火』には、古代的な力をふるう異国の妖怪が登場する。本筋とはあまり関係のないキャラクターなので、ずっと私は不審だったのだが、最近になってやっと分かった。石牟礼さんは長年の異端視された自分の孤独を妖怪という形で客観視してみたかったのだ。
石牟礼さんが危篤になった夜、私は「加勢に来ました」と枕元で言った。石牟礼さんは薄目をあけて、コクリとうなずいた。いったんどこかへ行って、また戻って来られると思った。夜光虫と戯れた、あの水俣の渚だろうか。

（よねもと・こうじ　作家）

Ⅲ—石牟礼道子論

くだもののお礼は、その先へ

赤坂憲雄

石牟礼道子さんが幽冥の境をさまよわれていたころ、わたしは何も知らずに『西南役伝説』の講談社文芸文庫版の解説を書いていた。翌朝、訃報に接して、茫然とするしかなかった。正直に書いておくが、わたしにとって、石牟礼道子という作家とその『苦海浄土』は、どこか近付きがたい聖域のような、あるいは鬼門のようなものである。幾編かの石牟礼道子論らしきものを、求めに応じて書き散らしてはきたが、いつでも、たとえば疚《やま》しさや無力感などがない交ぜになった負の情緒から解放されることはなかった。すくなくとも、わたしは書き手として、つねに苛立っていたかと思う。どこかで、自分には書く資格がないとも感じてきたのである。

それは、わたし自身がとりあえず民俗学者として立っているからかもしれない、と思う。だから、ここではまず、民俗学者としての呟きを書きつけることから始めるしかない。わたしは、「水俣」と聞いただけで、条件反射のように身構え、打ちのめされたように萎縮し、奇妙な疚しい気分に襲われてきたのである。隠す必要はあるまい。東日本大震災以後には、それはいっそう捩《ねじ》れて、ゆき場を失っている。

なぜ、民俗学者は水俣にかかわろうとしなかったのか。どこかトラウマめいた問いである。たとえば、谷川健一さんなどはほかならぬ水俣の出身である。その谷川さんに問いかけてみたことがある、不知火海総合調査に参加されなかったのは、なぜですか、と。たしかな応答はなかった。調査に参加された色川大吉さんに確認したこともあるが、あきらかな確執があったわけではないらしい。むろん、水俣出身であるがゆえに、引くに引けない自負があり、よそから集まってきた研究者たちに向けての留保や屈折があったであろうことは、たやすく想像される。

それはしかし、たんなる谷川さんの個人的な事情に還元されるべきものではない。それ以前にも、それ以降にも、水俣病の舞台となった地域にかかわる民俗調査は、おそらく行なわれていない。少なくとも、本格的な共同調査・研究といったものが実施されたとは、聞いたことがない。ときに、民俗学は水俣病のような社会的な事件をじかにテーマとすることを避け、あくまで日常の、ケの民俗誌を大切にしてきたのだ、と言われたりする。むろん、体のいい言い訳にすぎない。知的な怠惰を見逃すわけにはいかない。

谷川さんは石牟礼さんにたいしても、複雑な思いを抱えこまれていたらしい。どなたから聞いた話であったか、すでに曖昧模糊としているから、詳しくは触れずにおく。谷川さんも石牟礼さんも、いやおうなしに水俣という土地のしがらみや共同性の内側に足を取られていたのであり、そこから無傷に言葉を紡ぎだすことはできなかった、それだけを確認しておく。

＊

あえて言い捨てにしておくが、谷川さんにはあるいは、石牟礼さんの文学世界にたいする対抗意識、もしくは嫉妬があったかもしれない、と感じることがある。石牟礼さんのいくつかの作品は、まさに水俣地方の生き生きとした民俗誌の記録になっている。それは、調査のような形でフィールドに入った民俗学者にできる仕事では、到底ない。その土地に生まれ育ち、暮らしやなりわいの情景に濃やかに触れて、その生きられた記憶をたっぷりと蓄えており、しかも稀有なる文才をもった者にだけ許された、珠玉の民俗誌といっていい。だからこそ、谷川さんは屈折を強いられたのではなかったか。

たとえば、『春の城』（藤原書店）は島原の乱を描いた長編小説であるが、その前半部などは、島原・天草地方の民俗誌の生き生きとした繊細な記録になっている。試みにいま、「第二章　赤い舟」から、こんな数行を引いてみようか。

山里育ちのかよにとって珍しかったのは、ここでは海と陸の暮らしが離れがたく交りあっていることだった。すずが「流れ木を拾う」と言ったように、ここ口之津では、薪は山から採るだけでなく、海からも流れ寄って、誰でもそれを拾うことができた。すずに連れられて漂流木を拾いにゆくのは、心の浮き浮きする遊びといってよかった。

海山のあいだに生かされている人々の暮らしの情景のなかに、海辺に漂着する木のフォークロアが織り込まれた一節である。「誰でもそれを拾うことができた」といったさり気ない記述に、寄り物の民俗誌の一端が示されていることに、わたしなどは関心を惹かれる。あるいは、こんな数行に眼を留めてみようか。

あくる朝、総がかりで水に漬けた葛の根をたたき出すと、なんとも美しい澱粉質の汁が割れ目から流れ出た。しばらく置いてうわ水を流し去ると、立派な白い「せん」が残った。干せばさらさらの粉になるが、おふじの指示で「せん」を丸めてふかすと、美しくすき透った葛餅が出来上った。

葛の根から葛餅をつくる一家総出の仕事のプロセスが、まるで聞き書きの記録のように綴られている。水俣病であれ、島原の乱であれ、石牟礼さんはくりかえし、日常の裂け目に噴出する不幸な出来事を描くと同時に、その出来事が起こる以前の地域共同体の日常のありようを、その幸福を同じ質量をもって描こうとしてきたのではなかったか。それがたまたま、みごとな民俗誌の断片のように見えるだけのことなのだと思う。

あるいは、『西南役伝説』(講談社文芸文庫)は、西南の役という近代のはじまり近くに起こった戦争を聞き書きによって掘り起こした著作である。その「第四章　天草島私記」などには、埋もれた近世史料に仲立ちされて、弘化年間の一揆の記憶が呼びかえされ、水俣病へと繋がってゆく精神史的なプロセスが辿られていた。わたしの眼に、それはありがたい奇想に満ちたものに映る。こんな一節があった。

切支丹の乱と弘化一揆をつなぐ赤い糸が見えてくる気がする。長岡、永田らいやいや夥しい者たちの血の色において。水俣被害民らの魂を通して。このような魂たちの依り代は異教や一握りの土地や海であった。その寄るべを失う者たちを放棄したまま近代は始まるのである。

いわば、天草・島原の乱と弘化一揆、さらに水俣病の患者たちの叛乱とが、流された赤い血の糸によって結ばれてゆく現場が、ここには見え隠れしているのだ。石牟礼さんのなかでは、島原の乱を描いた『春の城』と水俣病を描いた『苦海浄土』とは、きっと赤い糸によって繋がれている。『西南役伝説』を通して、それを確認することができるにちがいない。いま、石牟礼道子という文学世界をめぐる大きな見取り図を描くとしたら、『春の城』／『西南役伝説』／『苦海浄土』という三つの作品の連環が重要な鍵になるはずだ。

あらためて、石牟礼文学においては、日常と非日常とが、民俗誌と事件の記録とが分かちがたく結ばれていることに、眼を凝らす必要がある。日常の暮らしやなりわいに関心を集約することを、あえてみずからのアイデンティティの核とする民俗学の、ある歪みを思わずにはいられない。世界はそもそも、日常／非日常にくっきり分かれているわけではない。たとえば、民衆の叛乱といったものを領分《テリトリー》の外に括りだすことは、やはり知的な怠惰の言い訳にすぎないのではないか。そうした留保を突きつけることなしには、わたし自身の東日本大震災以後の東北への道行きはありえない。

＊

東日本大震災のあとに、ただ巡礼でもするように被災地を歩き続けながら、すべてが根こそぎに津波や原発事故によって奪われた場所に立って、幾度となく失われた風景を空しく追い求めずにはいられなかった。震災以前の世界への想像力をいかにして鍛えあげてゆくのか、と問いかけずにいられなかった。みずからがためらいがちにではあれ、とりあえず民俗学者であるかぎり、わたし自身がなすべき仕事は、失われた世界の幻想の民俗誌を創ることなのかもしれない、と思う。

震災以前を、たとえ擬似的にであっても復元することなしには、そこで起こったこと、起こりつつあること、これから起こるであろうことが、わからない。なぜ、東京電力福島第一原発は、震災とともに巨大な爆発事故を起こしたのか。それをじかに問いかけることは、わたし自身の仕事ではない。ただ、そこに生まれてきた汚れた野生の王国について、手探りに問いかけることはできる。それは負のコモンズとして異形の姿をさらしつつある。あるいは、ゴルフ場に降りそそいだ放射性物質について、それは「無主物」ゆえに東電のかかわるところではない、責任はない、といった判断が下された裁判記事を前にして、海辺の寄り物のフォークロアを連想することはできる。そもそも、原発が建てられたエリアはかつての入会地であり、それが塩田となり、無用の土地として買い占められ、挙げ句に原発立地となったらしい。そこでもコモンズという視点が役立つだろう。それはやがて、無主・無縁という、網野善彦さんの提示された根源的なテーマへと繋がってゆく予感がある。

ところで、わたしは東北の被災地を歩きながら、水俣が近くて遠く、遠くて近いことにあらためて気づいたのである。谷川健一さんはなぜ、水俣について、とりわけ水俣病について語らなかったのか。民俗学者たちはなぜ、水俣をフィールドにして調査や研究をしてこなかったのか。そんな問いかけをしてきたわたし自身が、じつは、一度として水俣を訪ねたことがなかったのだ。いつしか、それがなぜであったのか、自問をくりかえしていたのだった。理由の一端はよく自覚していた。こんな疚しさを抱えて、水俣を訪ね、いわんや石牟礼道子さんにお会いする気にはなれない、ということだ。

偶然の促しがあって、昨年〔二〇一七年〕の二月に、はじめて水俣を訪ねることになった。福島でやって来たアート・プロジェクトの展開のひと齣であった。心はあられもなく乱れていた。後悔は先に立たない。来るべきではなかった、と何度も思わずにいられなかった。それでも、いくつかのことを贈り物のように知らされることになった。

川の源流と、河口に案内してもらった。水俣と福島とのあいだに横たわるものに、眼を凝らさずにはいられなかった。いや、それしか、わたしにできることはなかった。水俣の源流の湧水はどこまでも清らかであり、手に汲んで飲むことができた。福島の源流の森は立ち入ることすら忌避される、汚れた野生の王国である。水俣では、河口から海辺に堆積する水銀の汚泥をなんとかコンクリートで封じこめて、そのうえに鎮魂と祈りの場が創られていた。福島では、山野河海のすべてが、少なくとも森や川は長い歳月にわたって、汚れた入らずの森や川となってしまった。それをコンクリートで覆い尽くすことなど、だれにもできない。

そして、福島では何もかもが、まだ始まったばかりであることに気づかされた。これから水俣よりもはるかに長い時間をかけて、次々に起こるはずの残酷な、しかし残酷であることすら自覚しにくい形で起こるはずの現実に向かい合わなければならない。あまりに稀釈された見えない残酷の連なりが、いったい人の心にどんな傷をもたらすのか、予測すらできない。いまだ、ほんのはじまりの風景のなかに、わたしたちは生かされているのだと知らされた。

なかったことになど、できるはずがない。時間は巻き戻せず、未来に現われる世界は懐かしい故郷とはかけ離れたものだ。残酷なるものの底に足が着くまでに、どれだけの時が流れるのか、モヤイ直しはずっと先だ。宙吊りにされた、果てのない苦しみがいつまでも続く。ならば、ここにも悶え神は顕われるのか。なんであれ、「のたうち這いずり回る夜が幾万夜」(石牟礼道子『苦海浄土』)と必要なのだ、と思う。

眼には見えない災厄は、その残酷は、いったいどのように描くことができるのか。水俣は石牟礼道子さんと、『苦海浄土』を産み落とした。福島ははたして、もうひとつの『苦海浄土』を、もうひとつの『チェルノブイリの祈り』を産み落とすことができるのか。自問自答をくりかえしている。

ついに、石牟礼道子さんにお会いすることはなかった。そうして、わたしにとって、石牟礼さんはだれよりも畏怖すべき存在であり続けることになった。石牟礼道子を問うことは、無主・無縁の世界のありようを、その可能性を問いかけることなのだ、とわたしはいま考えている。

くだもののお礼は、その先へ。呟きを書き留めておく。

(あかさか・のりお　民俗学)

詩的代理母のような人

伊藤比呂美

熊本に帰るたびに、石牟礼さんに会いに行った。

近くにはもっと親身に世話をする人々がいる。近親者ももちろんいる。わたしなんて人工衛星みたいなものだ。いつも多少の他人行儀さを失わず、会いに行って、その話に耳を澄ませた。ときどき石牟礼さんに会いたい人を連れて行った。

最近はもどかしかった。石牟礼さんの身体がどんどん小さく、萎んで、細く、薄く、骨格のまわりに皮膚がはりついているようで、どんどん浮き世離れした風貌になっていった。あの世とこの世の境をふとまたいで向こうに行っても、不思議じゃない感じだった。

会いに行くたびに何か季節のものを運んでいった。花屋で素朴な花を買ってくることもあれば、河原に分け入って取ってくることもあった。桑の実の赤や黒のとりどりに混ざった枝や、烏瓜の赤い実の乾いた蔓や。去年〔二〇一七年〕の夏には桑の実も烏瓜も野の花もなかったので、親指くらいのサイズの猫のぬいぐるみを持って行ったりした。

石牟礼さん、石牟礼さんの飼っていた猫の名前は何でしたっけ？

「みょん」

どんな猫でしたか。

「キジ猫」

それはちょうどキジ猫みたいな黄色の猫だった。これはみょんちゃんのかわり、と言って石牟礼さんの手の中にそっと入れると、石牟礼さんは「まあ」と声をあげて、「これ、わたしにくださるの」と言った。

わたしは石牟礼さんの文学に対して、尊敬も思慕もおおいに持っているのだが、だからこそ石牟礼文学について語り合う石牟礼大学というものを熊本の仲間とともにやったりもしているわけだが、それは既に読んで好きなものを思慕しているだけで、なんだかいつも、なんだか少し、反発する気持ちも持っていた。そしてそれを持っていることが、いつも少しばかり後ろめたかった。

わたしは東京の裏町の裏通りの生まれ育ちで、そこの人々がどんなに他人に酷薄か見てきた。自分の親もふくめて、そうだった。石牟礼さんの文学に出てくる、弱い者を大切にする善良なコミュニティや、互いに手を合わせ合うような人の情は、居心地が悪かった。石牟礼さんその人だって、そういうコミュニティから蹴り出された人なんじゃないか。そう口の中でもごもご思っていた。

エッセイ集の解説を書いたことがある。めまいに襲われたような読後感を持った。時間軸と空間軸のずれというか。軸を乱し、歪めながら、石牟礼さんという人が自在に動いていくさまを読み取るのは苦痛ですらあった。

だから実は、石牟礼さんの文学は、ぜんぶを読んでない。読まなくちゃいけないと思いながら、読みたいものしか読んでない。読みかけてやめたものも、いくつもある。石牟礼さんの凄さは何よりもよくわかるのに、石牟礼さんのものなら無条件に、いい、いいといって誉め称えることができない。

『苦海浄土』。『春の城』。『西南役伝説』。読みたいもの、既に読んだものはいくつもある。読んだそのときの衝撃は忘れられない。日本の文学の枠内で語るのがばかばかしい。ジョン・スタインベックやフアン・ルルフォやガルシア＝マルケスなんかと引き比べて論じたくなってしまうスケールの大きさであり、深さであり、ことばの凄さだ。

でもこの頃、一つ、また一つ、読み始め、読み通して発見する。そして感動する。その鏡を何枚も立てたまん中で、時間軸と空間軸がずれているような、その石牟礼さんらしさを味わう。そういう作品が少しずつ増えてきた。

『椿の海の記』。これはついこないだ読んだ（去年の石牟礼大学のときだ）。『椿の海の記』ものすごくよかったですと渡辺京二さんに言ったら「今頃、遅いよ」と言われた。

まるで母に反抗する思春期少女みたいに、思慕と敬愛と反発をふつふつと抱きつつ、わたしは石牟礼さんに会いに行った。本人に会えば、反発心はするりと消えて、石牟礼さんその人に対する思慕と敬愛の気持ちが高まるのだった。

昔はもっと間遠だったが、年取るにつれ頻繁になった。ちょうど生みの親たちが老い衰えてきた頃だ。親たちが死に絶えた頃には、帰るたびに必ず会いに行くようになっていた。老人を見舞うというのがこんなに意味のあることだとは思わなかった。生みの親と違って、石牟礼さんには何の責任もない。何もしなくていい。熊本に帰ったときに会いに行けばいい。亡くなっても帰らなくていい。それで帰るたびに会いに行った。誕生日には電話をかけた。しだいしだいに会話がままならなくなった。わたしの耳も悪くなって、か細いその声がなかなか聴き取れなくなった。それでも会いに行った。会いに行かずにはいられないのだった。会ってその細い手を握ると、ほっとするのだった。こんなに通ってると迷惑かもしれないなあと思いながら、それでも通った。

そのうちにわたしは渡辺京二さんという人のおもしろさを発見したのである。渡辺京二さんには石牟礼さんのところで初めて会った。何年も前だ。台所にお茶を入れてお菓子を出してくれる人がいた。ありがとうございますとかなんとか言って挨拶したが、渡辺さんだとは知らなかった。

少しずつ、わかってきた頃、「きみは、最初の何年も、ぼくのことなんか目に入ってなかっただろ、変な人がいるなくらいに思っていただろう」と京二さんにはさんざんからかわれたが、ほんとうだった。親しくなったのは、熊本の文化や文学の中心になっている橙書店でよく会うようになってからだ。あるとき、「きみは、熊本に帰っていらっしゃい」と言われた。心の底に、そのことばはずしんと響いて残った。

ここ数年、わたしは熊本の歴史や神風連について調べているのだが、調べはじめてみて驚いた。行く先々に渡辺京二さんの書いた本がある。何を読んでも講談のようにおもしろく、全体像がくっきり浮かび上がる。わたしは枝葉末節にこだわることしかできないし、翻訳以外に語る方法を知らないので、京二さんのやり方は、衝撃であり、感動だった。それで京二さんのところにも通いはじめ、歴史について文学について話を聞くようになった。

てなことを石牟礼さんのところに行って話したのが去年の夏だった。この頃京二さんのところに行って文学教えてもらっているんですよ、と。そしたら、石牟礼さん、そのとき突然しゃっきりとして、高群逸枝さんのことなどをぽつぽつと話してくれた。よく聴き取れなかったけど、石牟礼さんが負けん気を出したようなのが見て取れて可笑しかった。そして突然こう言った。

「まあ、あなたはよく勉強する」

あんまり突然だったからどぎまぎした。おかーさんにほめられた小学五年生女児のようだった。

「わたしはあなたみたいな詩人になりたかった」

なーにーをーいいますか、わたしはひっくり返りそうになった。

何を言いますか石牟礼さん、わたしこそ石牟礼さんみたいな詩人になりたいと思って日々、ともごもごした。石牟礼さんが他の人をほめるのは聞いたことはあっても、自分がほめられたことはなかったのである。

「あなたは、まあ、ほんとによくやっている」

ほんとによくやっているかどうか、事実なんてどうでもいいのである。それを言ってもらったかもらわなかったかなのである。そしてそれは、詩人としてということは、生みの母には、言われなかったことなのである。生みの母のために言っておくと、彼女は一生わたしという娘を持て余していたらしいが、そしてわたしのほうでもそれを十二分に感じていて、母に対しては心の底から打ち解けたことがなかったのだが、死ぬ少し前にふと「あんたがいて楽しかったよ」と母が言った。「こんな子だったからたいへんだったけど」と。そのときわたしは母の呪いというものが解けたような気がしたのだが、このとき石牟礼さんという、この詩的代理母のような人のことばに、わたしは強く動かされ、わたしは石牟礼さんに顔が似ているとよく言われるが、丸っきり赤の他人、他人の空似なんである、解かれなきゃいけない呪いなんてぜんぜんなかったのである、でも強いて言えば、自分の呪いかもしれない、若い頃になんとなくかけてそのまま忘れていたようなそんな呪い、それがするすると解けて外れたような気がした。

それが去年の夏のことだ。あの「みょん」を手渡したのはそのときだ。石牟礼さんは短期入院していた病院から高齢者用の介護施設に帰ってきたばかりで、それは施設の中のリハビリ室だった。思いがけず呪いを解いてもらってあたふたしたわたしが、あたふたしながら帰りかけ、部屋を出たか出ないかのところで、後ろから呼び止められた。

「ひろみちゃーん」と、か細い声で、か細い腕をあげて、小さな車いすの中の小さな石牟礼さんが、広いリハビリ室の中で若い男の療法士に見守られながら、わたしのことを声に出して呼んでいた。だからわたしは走って帰って、石牟礼さんをハグして、また来ますからね、生きててくださいねと念を押した。

「さあどうかしら」と石牟礼さんは歌うように言って、手を振りながら、今度はそのままわたしを送り出してくれた。その後、一度ならず、二度も、三度も、熊本に帰って、わたしは石牟礼さんに再会した。まだまだ生きてくれるとそのたびに思った。この一月に帰ったときにも、生きててくださいねと言って別れた。そして今度こそ、もう再会はかなわない。生きてる人と死んだ人の間を生きてたような人だった。その間を生きて、すばらしい文学を作りあげた人だった。引き止めるつもりはさらさらないけど、もう会えないという事実に、ただ涙がとまらないのである。


（いとう・ひろみ　詩人）

狂女と狂児

臼井隆一郎

『苦海浄土』を母権論の枠組みで考えるという無茶を始めたのは、熊本の人間学研究所（榎田弘邸）で、石牟礼道子さんと渡辺京二先生ご両人を前に話をさせて戴いてからである。『苦海浄土』と『母権論』。これが無茶な話なのは、自分が一番分かっている。無茶は承知で始めた。初対面の石牟礼さんは、噂で聞いていた可愛らしいオバーチャンの気配は皆無。苦虫を噛み潰した顔とはこういう顔なのだと思わせる表情をしていた。そもそも「母と権の論」などが石牟礼さんの関心を引くとも思えない。石牟礼さんがひとの話を聞いているらしいと思わせたのは、わたしの話が高群逸枝に及んだ時くらいだった。そもそも『母権論』の日本での受容は高群逸枝の時代に始まり、熊本に本拠をもつ『家族史研究会』によってバッハオーフェンの紹介が始められたのである。

『母権論』にはきわめて多くの難点があり、日本でそれを受容する条件が揃っているとはとても思えない。それがもっとも分かりやすく母子関係の神話として整理されてしまえば、結局、幼子イエスを優しく抱く聖母マリアの「良き母」のイメージにしか行き着かない。これでは、『母権論』は女性一般に、ヘテロセックスに励み、「両性の合意に」基づいて結婚生活を営み、子供を生み、国家社会の基盤とされる家族の安寧を保証する存在としての「良き母」に現代に機能する唯一の前近代的神話として押しつける著作としか見えてこない。『母権論』というおそろしく世間離れした神話学の大著が一般に人びとの口の端に上り始めたのは、十九世紀末、同性愛者の人権擁護が公然と叫ばれ、女性解放が深刻な社会的議論として出てきた時代である。たとえば、マックス・エルンストが書いた《処女母が三人の目撃者の前で幼子イエスを折檻する》という絵を例に取ってみよう。処女母マリアが幼子イエスのお尻をペンペンして、お尻を真っ赤に腫れ上げさせている図である。世間は激怒したが、しかし「良き母たれ」という神話的抑圧に辟易していた女性は、むろん、声には出さずに、喝采したのである。

『母権論』を母親が大事と言うメッセージに尽きる著作と考えれば、あらゆる父権国家体制が大歓迎する著作となり、とりわけ、ゲルマン・アーリア民族の先史には母権段階が不在であるという主張を掲げるナチス第三帝国には極めて好都合な「二十世紀の神話」であった。それだけに、日本の『母権論』受容史から高群逸枝的アナーキズムが消えてしまったのは残念なことである。しかしそれはそれ。『母権論』という著作が持っている問題は実に複雑多岐に及んでいるが、枝葉を一切取り払えば、幹となる問題は一点に絞られる。人間による自然の殺害、母親殺しである。

人間学研究所で話をしたのが機縁となって、わたしは『道標』で『苦海浄土』を論じる連載を続ける羽目になった。わたしはその連載で石牟礼さんを「血統書付きの狂女」と呼び、渡辺京二先生を「渡辺狂児」と呼び続けた。下品な憂さ晴らしと思わないで欲しい。実はわたしは「狂人」が大好きな人間で、標題はわたしの最高の敬意の表現である。ウソではない。現にわたしがこれまで書いて来たドイツ文学絡みの論文はヤーコプ・ミヒャエル・ラインホルト・レンツ、アルフレート・シューラー、パウル・シュレーバー等々、ドイツの名だたる狂人ばかりを扱っている。この好みは、学生時代から始まっており、最初はゲオルク・ビューヒナーの『レンツ』だった。日本ではわざわざ念入りに『狂ってゆくレンツ』と訳された、いわゆる精神分裂症の症状を描いた最初の作品との触れ込みであったが、わたしには疾風怒濤文学の名作としか思えない。あまり強く感動・共鳴して、わたしにも精神分裂の気があるのかと心配したが、杞憂だった。天才と狂気は紙一重というが、わたしは天才にも狂気にも縁のない人間であることを悟っただけであった。しかし以降、健常な精神の持ち主が書いたものにあまり関心が向かず、世に異常と呼ばれる人の書いた、常軌を逸した破天荒な世界を最優先して読む狂人趣味の虜になったのである。

むろん、あまり人目に触れない方が良いオタクめいた作業が続く結果になり、本になったのは、二十世紀の著名な精神分裂症患者パウル・ダニエル・シュレーバー裁判所長の回想録（鳥影社）

と『臨床精神病理』（星和書店、36号）に書かせて戴いた小さなレンツ論くらいのものである。実はバッハオーフェンの『母権論』とその受容史も、健常な神話学者や法学者からは狂人扱いされた。わたしが大学の紀要という場で初めて書いた論文が扱ったのも、アルフレート・シューラーという札付きの狂人。同性愛者で『母権論』再評価の起点となった人物である。ナチ党の党シンボル、ハーケンクロイツの象徴解釈を世に広めた人物として悪評ばかり高い。しかしわたしは是非強調したいのだが、世にキチガイとされるこれらの人々がわたしには、正しいことを言い抜いていたとしか思えないのである。

わたしがそういう人間だからである。『苦海浄土』で「水俣病を告発する会」の東京行動、丸の内と霞ヶ関を結ぶ路上で胎児性水俣病で死んだ男の子の遺影の写ったビラを、受け取るやくちゃくちゃに握り潰した男に対し、半ベソをかきながら抗議する水俣の主婦石牟礼道子と、それに「キ・気ちがいだな、こいつ」と言い捨てる東京市民の応答にいたく衝撃を受けたのはご理解戴けると思う。これはわたしの大好きなキチガイの図である。しかも水俣病事件はわたしの理解する「母親殺し（大地殺し）」を具現していた。わたしが『苦海浄土』を論じる無茶を始めた次第である。

今回、『藍生』のような品位ある雑誌から、石牟礼さんを追悼するから何か書けという依頼を戴いた。わたしのような狂人趣味が場違いに顔を出すのもどうかと思われない訳ではない。しかしわたしは標題を「狂女と狂児」として書かせて戴くことにした。誤解の余地はないと思うが、繰り返す。「狂女・狂児」はわたしの最高の敬意の表現である。

随分前のことになるが、熊本の山本病院に山田梨佐さんとお見舞いに上がった時、石牟礼さんは椿の花を描いた一枚の絵に句を添えてくれた。

水底の仙女やふるさとは雲の上

石牟礼さんはパーキンソン病で震える手で椿の花心を丁寧に赤く塗ってくれた。その時の震える筆先を思い出しながら、わたしも赤い椿の海を漂浪《され》く女性から始めよう。石牟礼さんは、かつてこんな歌を詠んでいた。

いつの日かわれ狂ふべし君よ君よその眸そむけずわれをみたまへ

狂へばかの祖母の如くに縁先よりけり落さるるならむかわれも

祖母譲りの血統書付きの狂女。今、その女性は、自分のことながら「わが魂の、ゆく先のわからぬおなごじゃ」と思いつつ、椿の海の渚に佇んでいる。彼女は一羽の水鳥を見つけたように思うのだが、「ひとみをそばめてみると、それは水鳥ではなく、あの、塩化ビニールの袋の残片が、渚にうち寄せた木ぎれや、藁のくずのあいだに渇いていた。気がつくと、紙よりもうすいビニール袋の残片は、渚伝いに点々と漂流して葦の根にひっかかったり、流木にからまったりして、まだ渇いていないのもあるそれらの破片は、不愉快にベトベト光り、褐色のノリ状の汚物をくっつけていた。」(『苦海浄土』第二部『神々の村』)

この椿の海は、幾多の人命を奪い、石牟礼さんに古典的同態復讐法を思い立たせた海である。渡辺先生は「カワイソウニ」(『藍生』二〇一八年六月号)と思ったのか、石牟礼さんに加勢して「水俣病を告発する会」を立ち上げ、機関誌『告発』に「血債は返済されなければならない」と書いた。京二先生はチッソ水俣工場に坐り込みを決行して「狂児」となった。

水俣病事件の記憶が遠い昔の記憶となった。しかし、情報社会の無限化する情報の海で水俣病の記憶が無限に希釈されて消えて行かないのは、チッソ水俣工場の垂れ流した水銀が海の無限の広がりに希釈されて消えて行かないのと同じである。現代、わたしたちが日々目にする波打ち際にうち寄せられたレジ袋、無数にペットボトル、プラスチックの残片が渚の葦の根に絡みついて作る「消えない泡」は水俣病事件の変わらぬ本質を呼び覚まして止まない。

今日、わたしたちの日常生活を便利なものにしている生活必需品の多くは化学工業製品である。

化学や錬金術を意味するケミというのはエジプトの豊穣な黒土を意味する言葉を語源にしている。例えばイー・ゲー・ファルベンというドイツの巨大化学産業に象徴される二十世紀の化学工業は、合理性の限りを尽くして、空中からチッソを直接抽出して爆弾を安価に製作するような魔法の錬金術を手中に収めた末に、「後戻りできない非人間的魔性」に変貌した。そしてドイツから最先端化学技術を取り入れ、日本で最初に商品化に成功した工場製品がチッソ水俣工場の塩化ビニールであった。

塩化ビニールから現代社会の商品社会を円滑に回転させる多くの商品が生産された。商品社会とは、死の跳躍を果たして商品となることに失敗した商品素材も、立派に商品としての生涯を勤め上げた商品も、すべてゴミとなる社会である。すべてが塵芥《ちりあくた》となって土に帰るゴミは何と潔く心地よいものであろう。問題は、塩化ビニールから出来た商品のゴミがまるで死ぬことを許されない業罰を受けた罪人のように、永劫の彷徨を続けることである。波打ち際にうち寄せられたレジ袋やペットボトル等々のプラスチック・ゴミは、生命の源を根こそぎ殺し続ける父権的世界史の母親殺しを文字通り彫塑的《プラスチック》に、表現し続けている。

石牟礼さんは「ふるさと」に帰り着かれただろうか。水俣病は、死者に対してうかつに「安らかに冥福を祈る」ことを禁じた事件であった。狂女と狂児は、ますますわたしの狂人趣味を募らせるばかりである。石牟礼さんは「狂気の持続」を武器として生き抜いた人だった。辛い人生であったことは疑いない。しかしわたしの記憶に残る彼女は、キョージサンがそばにいると心から安心する童女のような女性である。

（うすい・りゅういちろう　ドイツ文学）

かなしみよ、水になれ、光になれ

姜 信子

それは、遠い夢のような記憶でした。

石牟礼さんが天草・島原の乱を生きて死んでいった人びとに出逢うために、そして長編『春の城』にその声をよみがえらせるために、天草・島原を旅して歩いたのが一九九一年から九五年までのこと。その旅のはじまりの頃に、どういういきさつでそうなったのか、私は石牟礼さんのお供をして天草・島原を歩いた、というおぼろな記憶があるのです。たぶん、天草四郎を大将として戴いた三万もの切支丹の民草が籠城して殺されていった原《はる》の城の跡を島原に訪ねている。本渡《ほんど》の鈴木神社では、乱の後に天草代官となった鈴木重成にまつわる話を宮司さんからじっくりと聞いた。海辺の旅館に泊まって石牟礼さんと一緒に温泉につかった。そんな時間が確かにあったはず。

でも、その時間が『苦海浄土』から『春の城』へと時空を超えてつながってゆく遥かな旅の一部だということを、当時の私は知らない。その旅の意味を体感するほどには私自身が熟していない。それは浅い夢のように無邪気に過ぎて、あっけなく忘却のなかに消えた。そのことを、石牟礼さんが亡くなって、もうひとつの『苦海浄土』である『春の城』を初めてじっくりと読んで、いまさらつくづくと思い知ったのでした。しかたない。地を這う者たちの声を現《うつつ》のものとして感じとるには、石牟礼さんの旅が私の人生と交差するには、自身のうちに湧きおこる衝動に突き動かされ、みずからの体で地を這い彷徨う旅の年月が必要だったのでしょう。

あれから二十七年、いまは二〇一八年春です。足元から根こそぎ大きく揺さぶられた二〇一一年の春を経て、世の中はますます濁って、あることはなかったことにされ、言葉は芯を抜かれ、恐怖や憎しみを煽る声は力を得て、ますます生き難い私は、いま、『春の城』の中で名前と肉体と魂を与えられた民草の命がけの声に耳を澄ましている。その声が甘露の水のように自分の魂に染み入ることの哀しみと痛みと歓びをしみじみ噛みしめている。

「世の中の腐れ落つるのが肥やしになって、まことの国が生れはすまいかのう」と、夫を殺された島原の物狂いの老婆が言う。彼らの生きる世界には、「音もなくひび割れてゆくような気配」が満ちている。そこでは、人びとは、虫の声に「いとも小さきものたちの無数の声」を聞き、それを「遠い先祖たち」の声として聞きとり、「生き替わり死に替わりして受け継がれて来た人びとの深いかなしみ」を心に宿らせる。

世界は哀しい。人間は哀しい。でも、哀しみを知る者たちの世界には、生きることの歓びがある。生きとし生けるすべての命への慈しみがある。もうひとつのこの世への深い祈りがある。そんな哀しみと祈りとを身に降ろしては、命を削って語りつづけた石牟礼さんの声。それは、私には、油断するとすぐにも何者かに断ち切られるこの世の命の水脈をくりかえしつなぎなおしてゆく果てしない声のようにも思われます。命の水源のありかを告げる声のようにも思われるのです。

石牟礼さんと水。と言えば、忘れがたい三つの旅。

一つ目。熊本地震の直後です。私は三味線で弾き語りをする祭文語りとともに、石牟礼さんの『水はみどろの宮』を歌い語って東京から熊本まで、人々と祈りを分かち合う語りの旅をしました。熊本は私にとっては二十代後半から二十年近くも暮して、人も土地もわが人生の一部となっている場所。そして、『水はみどろの宮』には、まるで予言の書のように熊本を襲う地震とそこからのよみがえりが語られていた。

そう、この世は、この世の底の湖の穢れを祓いつづける千年狐や、月夜の山の祭りに集う鳥獣虫魚や草や木や、目には見えないモノたちの「かそかな美しい音」を聴く耳を持つ者たちのひそかな祈りによってよみがえるのです。それは、まるで、ル・クレジオが伝えるパナマの密林に生きる人びとの、この世界が洪水に襲われぬようにと夜を明かして祈りつづけるあの歌の祭りのよう。

わたしたちの命は、わたしたちの知らないどこかで、わたしたちの知らない命たちの祈りによって救われている。だから、地震直後の熊本へと向かう旅の先々で開かれた語りの場に集うわたしたちは、見知らぬ命たちへの感謝を胸に、熊本のよみがえりを祈りました。わたしたちは月夜の祭りに集う鳥になり、虫になり、草になり、木になり、獣になり、祈りつづけた。

その翌年のことです、『水はみどろの宮』の中でこの世の底の湖の入口として描かれる穿《うげ》の宮が、熊本と宮崎の県境に実在するお宮で、それは緑川の源流にあり、「みどりの宮」とも呼ばれていることを知ったのは。すぐに訪ねました。山間の集落を通り抜けて、さらに山深く分け入り、もうここから先は断崖絶壁にはりつくような恐ろしい道しかない、そんな険しい渓谷の底の、さやさや清水の流れる沢に「穿の宮」はありました。そこに立てば、石牟礼さんがこの穿の宮まで来ていたこと、この山々を歩いていたこと、かそかな美しい音を聴いていたこと、そんなひそかな旅がよみがえりの物語をこの世に呼び出したのだということがありありとわかる。穿の宮。命の源流の水。手を浸し、足を浸してみる。はじまりの水の声に耳を澄ます。はじまれ、はじまれ、よみがえれ、私もまた水の流れに頭を垂れて祈りました。

二つ目。二〇一七年冬、足尾への旅。水俣のことに関わりはじめた頃に石牟礼さんが深く心を寄せたのが足尾鉱毒事件です。そのことを知ってはいたけれど、それまで私の中に足尾に向かう必然がなかった。私を足尾に呼んだのは、庭田源八という老農の声。足尾銅山が流した鉱毒ゆえに川も土も荒廃した渡良瀬川下流の吾妻村下羽田の住人です。源八翁は耐えかねるような声で「鉱毒地鳥獣虫魚被害実記」を書いた。それが明治三十一（一八九八）年のこと。

源八翁は季節の記憶を手繰り寄せながら語ります。

「白露八月之節也。最早菜種を蒔まする節に御座ります。彼岸の中日の三日前に蒔きます。（中略）此時分、菜蒔とんぼと申まして、日中午前十時頃より午後三四時頃迄、青空に一面に蜻蛉が飛び違ひました。何万何千何億と云かぎりありませんかつた。鉱毒被害以来、更に居りません」

「大寒十二月の節に相成ますると、貉《むじな》や狐抔《など》が多く、人家軒端や宅地抔を多く回り歩行きました。貉は、がい〳〵〳〵と鳴き、狐は、こん〳〵〳〵と鳴き、いん〳〵〳〵と啼もありました。（中略）鉱毒被害のため野に鼠も居りません、虫類も居ません。（中略）廿歳以下の青年諸君は、右等事は御存じありますまい」

源八翁は、鉱毒被害で失われた野や川の鳥獣虫魚のような小さな命たちのことを細かに愛情深く書いては、「二十歳以下の青年諸君は知りますまい」と言う。廿年も経てば、どんなに身近にあったものでも人は忘れていくのだと哀しみの声をあげる。この声を初めて聴いたとき、石牟礼さんの声を聴くようだと思いました。この声に呼ばれて私は足尾を訪ね、鉱山の煤煙で山が死んだ渡良瀬川上流までさかのぼっていきました。明治の世に早くも赤い山肌がむきだしになった禿山には保水力もなく、人びとの命の水脈だった渡良瀬川は濁り水の暴れ川となり、鉱毒をまき散らした。そして近代国家は国家の発展のためという名目で一企業と結んで、有無を言わさず人間の命も鳥獣虫魚の命も踏み潰した。水俣で繰り広げられた恐ろしい光景の出発点を、私は足尾にまざまざと見るようでした。命の水脈を断つところから日本の近代は始まったのだと、あまりに遅くあまりに痛切に思い知りました。

水。思い返せば、初めて石牟礼さんと出会った三十年前に、石牟礼さんが熱心に語っていたのが沖縄の神の島、常世を眼差す久高島のことなのでした。それもまた私にとっては、水と結び合う旅へとつながってゆく。

しかしながら、三つ目の水の旅、久高島に渡る時機はなかなか到来しない。ようやく久高島の遥拝所でもある沖縄本島・斎場御嶽《せーふぁうたき》までたどりついたのが二〇一六年、秋。ここから沖に浮かぶ久高島を遠望しました。この御嶽の聖なる窟の天井からは鍾乳石が二つ、乳房のように突きだしていました。その乳房の先からは聖なる水が滴っていました。その聖なる水を神司が額に受ければ、目には見えぬ世界との声の通い路が開かれるという。聖なる乳房の前に立ち、滴る水の音を心に受けて、じゅんじゅんと染みいらせて……、二〇一八年三月、ついに久高島に渡りました。石牟礼さんが常世に旅立って二十日が過ぎていました。

前夜は春の嵐、雨上がりの島。そこは静かな音に満ちた場所です。島の真ん中の聖地、フボー御嶽の入口にじっと立ち尽くした。耳を澄ませば、緑のトンネルのように生い茂る草木のどこからか、かさっ、かさっ、姿なき小さなモノたちの音。さらに耳を澄ませばかすかに、ポタン、ポタン、水の音。遥かな場所から滴るような遠い響きで、ポタン。

そのとき、私は、石牟礼さんがいまわの際に流したという一滴《ひとしずく》の涙の音を聴いたように思ったのです。

私にとって石牟礼さんは水の人でした。生き替わり死に替わる命の哀しみ歓びを宿らせた水そのものでした。この水の恵みを受けた者がすべきことと言えば、自分なりの生き方をとおして命の水脈を断ち切るものたちと闘うことのほかはないでしょう。

闘う私は、『水はみどろの宮』の千年狐の祈りをくりかえし唱えます。

「水はみどろの／おん宮の／むかしの泉　むかしの泉／千年つづけて　浄めたてまつる」

祈る私の心には、『春の城』の切支丹の若者の命をかけた覚悟の声がしんしんと響きわたります。

「おん身らよ、心を澄まし耳を澄ませ。天と地の声を聴こうではないか。そして総身をひきしぼり、一本の矢となり、光になるまでひきしぼれ。この魂の矢を、必ずや後世にまで貫き通し、共に永生の国に蘇ろうぞ」

石牟礼さんが先の世の命たちから受け取ったかなしみは、今を生きるわれらの祈りとなりましょう、われらの祈りは後の世の命たちへの約束となりましょう。

かなしみよ、水になれ、光になれ、断ち切られてもよみがえる命であれ！

（きょう・のぶこ　作家）

書くことと真実

三砂ちづる

私のような書き手にさえ、経験がある。書いたことが、現実に起こる。現実に起こったことを書いたのではない。ある想定する人物は存在して、なんとなくその人を思って書いていたが、その人だとわかるように書いていたわけでもない。書き進めたことは、その人となんの関係もないことだった。書き終えてしばらくして、書いたことと同じことがその人に起こった。最終的に、その人にとって良き帰結であったので、ほっとすることになったが、書くことの恐ろしさを身にしみて感じることになる。

あるいは、全く実在する人は誰も想定しないで書き進めていったものに、「なぜあなたは私のことがこんなにわかるんですか」という感想をもらうこともあるし、「この人は実在するモデルがあるでしょう。紹介してください」と言われることもある。ものを書く人の多くは、そういうことを経験しているのではあるまいか。見知らぬ会ったこともない読者が「これは私のため（だけ）に書かれたのだ」と、信じてくれること。そのことを多くの書き手は知ることもなく書き続けるが、そのように受け取る人がいることは、書き手にとっての至福であり、そのことによって、書いたものは人を動かすのである。

おそらく、それは、「書くこと」、だけではないのだろう。人類が文字という手段を得てから、そんなに長くは経っていないし、広くも使われていないのだから。おそらくそれは、「ビジョン」であり、その人に想起する「ビジョン」というものはおそらく、その人に由来するのではなく、人類の古層に由来する。逆に言えば人類の古層は、世界に存在する数多のことに通じており、存在する人にも、もう存在しない人にも通じている。人類の古層は、常に、何らかの「ビジョン」を現実に存在する人に提供しており、現実に存在する人には、そういうことをシステマティックに受け取り、他の人に伝えることができる力が何らかの形で、備わる。人によって、環境によって、もちろんその力の発揮具合は違うし、古層に至ろうとする方法論も違う。そういう「ビジョン」を目に見える一つ一つで詰めていこうとする人を現在は「研究者」と呼ぶし、「音」にのせる人を「音楽家」と呼ぶし、「言葉」にのせて書く人を「作家」という。便宜的な区分に過ぎないのだが。

石牟礼さんがノンフィクション作家ではないことは、本文と同じくらい有名な『苦海浄土』講談社文庫版の渡辺京二氏による解説で、世に知られている。『苦海浄土』は「聞き書き」などではなく、石牟礼道子の「小説」であることは、だから、よく知られるようになった。それでも、なお、見よ、石牟礼道子はいかに、現実を動かしただろう。綿密な調査より何より、水俣病の真実に近づいただろう。丁寧な資料の読み込みや、現場における聞き取りや観察などの行動がなかったわけではない。それは誰よりも、あった。それでもなお、何より彼女の「ビジョン」というものが、彼女の言葉と文章を通じて、現実よりも真実である世界を詳細に提示し、それは真実でしかありえない迫真の力を携え、結果として人を動かし、人の心を動かし、現実を動かし、現実として立ち現れる。時間が経てば経つほど、それは数多の人の認めるところとなり、九十歳を過ぎた彼女の死は、全国紙の一面トップで報じられることになった。

私たちが真実に近づくには、どうしてもこういう力が必要なのである。書くことで真実に近づき、真実を作り、真実を提示する。生への深い慈しみに根ざして在り、その力と、その力を表す才能と、最後まで捨てない役割と。歳を追うにつれ鋭さを増す、そういうありようを最後の最後まで体現していた石牟礼さんの晩年、近しく居ることを許されたのは、人類の至福に通じる幸運だった。その現実から、何を立ち上げることができるのか、残された宿題とともに、残りの生がある。

（みさご・ちづる　作家／疫学者）

生者と死者のほとり

齋藤愼爾

石牟礼道子氏は年譜によれば、昭和二十九年（一九五四）、病気療養のために水俣へ帰省していた詩人・思想家の谷川雁と初めて対面している。それは一つの運命的事件ともいうべきものであった。これを機に石牟礼氏は、谷川雁が昭和三十三年（一九五八）に上野英信、森崎和江らと創刊した雑誌『サークル村』に参加、作品を発表するようになる。

「一つの村を作るのだとわたしたちは宣言する。奇妙な村にはちがいない。薩南のかつお船から長州のまきやぐらに到る日本最大の村である」が雁の発信した宣言の冒頭である。石牟礼氏は日本の近代への根本的な疑念に立って、村というものを考え直そうというその試みに全身で取り組んでいくことになる。近代の深淵へ下降してゆくことを唱えた天才的な詩人谷川雁の『原点が存在する』は既に発表されていた。

二十世紀の〈母達〉はどこにいるのか。寂しいところ、歩いたもののない、歩かれぬ道はどこにあるか。現代の基本的テエマが発酵し発芽する暗く温かい深部はどこであろうか。そここそ詩人の座標の〈原点〉ではないか。

「段々降りてゆく」よりほかないのだ。飛躍は主観的には生れない。下部へ、下部へ、根へ、根へ、花咲かぬ処へ、暗黒のみちるところへ、そこに万有の母がある。存在の原点がある。初発のエネルギイがある。メフィストにとってさえそれは「異端の民」だ。そこは「別の地獄」だ。一気にはゆけぬ。

石牟礼氏はこの詩に「描かれているのはわたくしだ……わたくしが志向しようとしていることが予知されている」と衝撃を受けたと言う。「雁さんが無言で出して下さった宿題に答えようとして、『苦海浄土』を書き、『流民の都』を書き、『天の魚』を書き、『椿の海の記』を書いたのだなあ、と思うのです」と雁宛の書簡「雁さんへ――水俣から」で回想している。

昭和三十四年（一九五九）に息子（道生）が結核の初期症状で水俣市立病院に入院。ちょうどそのころ、水俣病が世間の噂となり始め、患者たちが行き来するのを、息子の病室から見かけたのが、水俣病に関心を持つきっかけになる。同年五月下旬、彼女が初めて水俣病患者を見舞った日、半開きの個室のドアから、死にかけている老漁師釜鶴松《かまつるまつ》の姿をかいま見、深い印象を受ける。「彼はいかにもいとわしく恐ろしいものをみるふうに、見えない目でわたくしを見た」と彼女は感じる。

「この日はことにわたくしは自分が人間であることとの嫌悪感に耐えがたかった。釜鶴松のかなしげな山羊のような、魚のような瞳と流木じみた姿態と、決して往生できない魂魄は、この日から全部わたくしの中に移り住んだ」(「苦海浄土　わが水俣病」『文藝春秋』一九七〇年五月号)

『苦海浄土』で最も注目されるシーンを敢えて二人の批評を借りて説明したい。詩人の北川透氏は「彼女(石牟礼氏)はここで一人の患者を形容するに、山羊のような、魚のような、流木じみたと、ひとでありえぬものの形を借りてきている。そのような人間でありえぬものとしての生に、いや死にさらされている肉体と、その肉体が宿しているはずの絶対に往生できない魂魄が、全部みずからの内に移り住んだと言うとき、石牟礼氏の書く行為は、彼女自身の自明に〈人間〉であることを解体し、その声を水俣病患者の隠されたる内心の声そのものと化さしめたといえるだろう」(『時の楔』)

いま一人は石牟礼氏と半世紀におよぶ交流があった(原稿の清書から掃除、食事作りまで担当、秘書役をも兼務する)日本近代史家の渡辺京二氏、『苦海浄土』の産みの親の批評を紹介したい。

「(前略)彼女はこの時釜鶴松に文字どおり乗り移られたのである。彼女は釜鶴松になったのである。なぜそういうことが起こりうるのか。そこに彼女の属している世界と彼女自身の資質がある。彼女には釜鶴松の苦痛はわからない。彼の末期の眼に世界がどんなふうに映っているかということもわからない。ただ彼女は自分が釜鶴松とおなじ世界の住人であり、この世の森羅万象に対してかつてひらかれていた感覚は、彼のものも自分のものも同質だということを知っている。ここに彼女が彼から乗り移られる根拠がある」(『もうひとつのこの世』)

それはどういう世界で、どういう感覚か。渡辺氏は明快に答えている。「山には山の精が、野には野の精がいるような自然世界」「この世界は誰の目にもおなじように見えているはずだというのは、平均化されて異質なものへの触知感を失ってしまった近代人の錯覚で、ここに露われているような自然への感覚は、近代の日本の作家や詩人たちがもうもつことができなくなった種類に属する」(同前)と。

わが国の近代文学の上にはじめて現れた性質の表現——池澤夏樹個人監修による『世界文学全集』(河出書房新社)企画発表の記者会見で、全集にカフカやフォークナー、デュラスらと同じく巻の一つに入集した日本人作家が、石牟礼道子氏で、その作品が『苦海浄土』だと発表されたとき、会場は驚きの声でざわめいたという。ノーベル文学賞の川端康成でも大江健三郎でもない。同賞の候補になると予想された中上健次や村上春樹でもない。文豪の谷崎潤一郎、三島由紀夫、安部公房でもないとなれば、日本文学通の外国人記者もお手上げだっただろう。

細萱秀太郎氏（ジャーナリスト）のインタビューに、石牟礼氏は「人間の大崩壊の時代ですね。人間は他者のことが分からなくなりましたね。この世には目で見えないもの、心でも読み解けない世界があるというのに……。いったい近代の〈知〉の世界とは何なのでしょう。知の枠組を外れたところ、むしろ〈非知〉の世界にこそ奥深いものがひそみ、そこにこそ人間や生命界の根源的な営みが隠されている、その非知の世界の奥深さをこそ、私たちは知るべきなのです。そのようななかにこそ神や仏を含む豊かな、底深い世界が広がっているはずですし、本来人間はそれを知っていました。感得しておりました。慎みをもって私たちの先人はこの世界を大切にした。その非知なるものの世界、それを私は作品で読み解きたいのです」（『魂の原景をもとめて』）と答えている。

石牟礼氏の処女句集『天』（天籟俳句会、昭和六十一年五月刊）の巻末に「句集縁起」と題して穴井太（一九二六―一九九七）が出版の経過を綴っている。まず「一九七一年（昭和四十六年）筑豊に住む作家、上野英信氏の勧めにより、小さな俳句グループにしては破天荒な文学学校『天《てん》籟《らい》塾』を開設した。講師陣は、それこそ詩経でいう〈発発として活活たる〉陣容で（中略）『流民の都』を石牟礼道子氏が語」ったという。さらに「『現代詩手帖』八二年一月号の『往復書簡谷川俊太郎・大岡信　水府逍遥4』で〈きみも知ってると思う、北九州から出ている「天籟通信」、二〇〇号記念号が送られてきた。――穴井太氏の編集後記に録された石牟礼道子さんの一句に心を打たれた。「祈るべき天とおもえど天の病む」一九八一年十一月三日・文化の日とやら言う日、谷川俊太郎〉とあるように、石牟礼道子俳句はひとり歩きを始めた」とある。

穴井太氏にとって石牟礼氏の俳句は「想い屈したとき、ふかい溜息のように句を紡ぎ、紡ぐことによってわずかに己を宥める、まるで己の遺書のごとくに、句を紡ぐようにみえる」のであった。

死におくれ死におくれして彼岸花
三界《さんがい》の火宅《かたく》も秋ぞ霧の道
死化粧嫋《じようじよう》々として山すすき

ひとときの世を紅葉せよ影の舞
わが道は大河のごとし薄月夜
常世なる海の平の石一つ
天日のふるえや白象もあらわれて

（『天』より）

あめつちの身ぶるいのごとき地震くる
泣きなが原　鬼女ひとりいて虫の声

（『石牟礼道子全句集』未収録の六句）
（さいとう・しんじ　深夜叢書社代表）

無名集合名詞としての石牟礼道子

最首 悟

石牟礼さんは「気配の人」である。「石牟礼さんは気配である」としてよいのだが、そうすると、「気配」が無限定になってしまうので、どうして生まれてきたのか、そんなに泪を溜めこめるものかとか、どうして書くのか、というような疑問符だらけの「?人《?》?」をつけて、「気配」を濃厚にしたいのである。

インドで老猿と並んで坐って日没をみる。サイド・バイ・サイドはケアの基本。老いた猿、神猿が石牟礼さんを呼んだのか、石牟礼さんが寄り添ったのか、どこか未分もケアの基本。そのへんの事情をすこし、電話で「夢劫《むこう》の人」を「向こうの人」と聞いたという枕をふった「『夢劫の人』を読む」から引用する。

そのかわり私は私にかまけていると、石牟礼さんはすーっとそばに来てくれる。何といういたわりであろうか。例えば私が娘の星子を風呂に入れているとしよう。これは私に課せられた数少ないノルマなのである。星子は一五歳となれば生理もあり娘娘して、そして江戸時代のお姫様のごとくに洗われるのであるが、風呂の中に立ったまま小便がすっと出ることもある。私はとにかくそれを両手で受けたりする。母親や姉たちに告げても、「あらそう」で終わる。風呂の水を替えることもない。目の見えない言葉のない子のいる家族の日常である。ただ「あらそう」には少し底がある。聖だか惨だかがちらりと戦ぐ。そのようなとき、石牟礼さんがふっと近くに来ておられるように感じる。石牟礼さんは「向こうから」やって来る人なのである。

(最首悟「どの世にもとどまれない人　河野信子・田部光子著『夢劫の人――石牟礼道子の世界』を読む」『週刊読書人』一九九二年四月一三日)

娘星子は、わたしより四〇歳年下で、一九七六年八月に生まれた。いわゆるダウン症児で、「わが闘争」と「この子と共に」が交錯した。「わが闘争」は腰砕け気味で、「石の上にも三年」という様相を呈していた。戦線を具体的抽象的大学に限るというような意味合いで、よく言えば「大学」から逃げない、のであるが、ありていに言えば、どの面下げて三里塚や水俣に行けるか、という引きこもりである。この年、不知火海総合学術調査団が発足して、生物環境調査面での参加の要請が、映画監督の土本典昭さんを通してあった。当然のごとく、お断りした。秋、石牟礼さんが上京、「水俣の海を見てください」と言われた。

一九七六年の暮れ、東京に出てきた石牟礼さんにお会いした。石牟礼さんは水俣をみてもらいたいと言われた。「はい」と答えた自分の声を聞いた。この物言いは気障ったらしい。応答した自分が自分でないかのように、自分の意志に責任がもてないかのようにふるまう自分、という自分はいかにもだらしなさすぎる。しかしどの面下げてという自分がいたことは確かだった。

（最首悟「いのちはいのち」『KAWADE道の手帖　石牟礼道子』河出書房新社、二〇一三年四月）

弁明すると、みっちんの言い方に「みっちんの口が唄いました。（中略）みっちんは自分の口から出た唄にびっくりしました」（石牟礼道子『あやとりの記』福音館書店、一九八三年）とある。この本は、石牟礼さんと福音館の仲立ちをわたしがしたもので（一九七七年からわたしは福音館の雑誌『子どもの館』で、自他未分をめぐって児童文学作品の書評を始めた）、みっちんのおばあさんの「めくらのおもかさま」は準主役で、そしてみっちんは「いやだいやだ、目というものがあるのはいやだ。いろいろみえてしまうからいやだ」と言う。

一九七七年四月から水俣通いが始まって、一〇年を経たあたりで、星子は重度複合障害児になった。めくらになり言葉なく刻み食を丸のみにし、排泄は意に介さず、起きている間は音楽が欠かせない。以後四一歳の今まで、その状態が定常となった。一九七〇年代、自閉症をはじめさまざまな症状の子どもたちが生まれた。「先天性四肢障害児父母の会」が設立されたのは一九七五年、乙武君、と今でも言うが、が生まれたのは一九七六年、星子と同い年である。ゴミ焼却炉周辺の杉並病、環境ホルモンの胎児への影響など単体毒性物質に原因を求めることはできない。多重化学物質超微量胎内複合汚染症候群という長い名前を短く言えば〈水俣病〉ということになる。〈水俣病〉は不知火海沿岸に始まり、世界に広がり、天も病み、星子も罹患した、と思う。レイチェル・カーソン、シーア・コルボーンが描いた世界は〈水俣病〉だと言える、言いたい、言うべきである。

〈水俣病〉の主たる一つの水俣病は殺生の職業（漁師、屠殺業）差別につながり、統合失調症や躁うつ病、痴呆の精神病につながり、補償金欲しさの金亡者指弾に括られる。水俣病の診断、定義にかかわった有力な医師は、水俣病でないと言われたらどんなに喜ばしいことか、と言った。癌ですと伝えることは死刑宣告であった時代のなかのことである。水俣病であるという認定は緋文字のような罪の刻印であり、補償金暮らしは税金泥棒であった（企業による補償金は結局は国が支えた）。

水俣病は申請することすらできなかった。この集落からは一人も被害者を出さないという網元のもとへわたしは通った。三〇年経って申請に踏み切った患者被害者は、申請すれば水俣病に閉じ込められ、認定されると、働いて食い養うという矜持を奪われると言った。

水俣病の肢体的精神的酷苦をどう描くのか、描けるのか。一人の作家を想起する。原爆文学と言えば必ず言及されるという大田洋子である。第五福竜丸の被曝に伴う東京の「死の灰」の怖れについて、

私は天気のいい日に、傘をさして歩く男や頭に風呂敷をのせて歩く女性を見つづけた。髪の毛がぬけることを、人々は怖れていた。新聞やラジオが私のところに話をききに来た。「ざまを見るといい」という気に、私はなっていた。だから云わないことではなかったのだと私は思っていた。

（大田洋子「輾転の旅」一九六〇年、『日本の原爆文学　二　大田洋子』ほるぷ出版、一九八三年所収）

金森修は、この一節を引用して、「長年自分を無理解と揶揄、無視や冷遇の地位に貶めてきた世間や文壇に対して、大田は精一杯に毒づいたのである。この『ざまを見ろ』という言葉を最晩年の大田は何度か繰り返している」（金森修「〈原爆文学〉と原発事故　限界体験の傷」、内田隆三

編著『現代社会と人間への問い――いかにして現在を流動化するのか？』せりか書房、二〇一五年所収）としている。

原爆文学は嫌われ者という、そうなった因と果の錯綜した関係のなかで、「訴え」がどのように人々に届き、あるいは届かなくなるか、大田洋子は身をもって示した。石牟礼さんの『苦海浄土　わが水俣病』はどうか。「わが水俣病」を超えて、水俣病告発の書という受け止め方に対して、石牟礼さんは名前が出たことについて恥じた。すぐれた作家はみな心の奥底に「業《ごう》」と言うべき懊悩《おうのう》を抱えている。「有名」はその一つに数えられる。水俣病の酷苦を書けたのか、について石牟礼さんは「有名」を緋文字のごとく身に張り付けた。

プラトンの「正義の人」という言い方がある。周りも自分も露ひとつ自分が正義の人であることに気づかない、それが正義の人の必要条件である。あるいは悟りとは「悟らで悟る悟りにて悟る悟りは夢の悟りぞ」なのだ。あるいは他力本願、お願いする、と身を預けては達成されない。何も思わずひたすら念仏を唱えなければならない。石牟礼さんが夢劫尼となったことと、無関係ではない。

石牟礼さんの自宅に伺い、招かれ、天草を一緒に回り、山奥の大樹に会う道行きで、そして自動車のなかで、わたしは石牟礼さん一人《いちにん》の秘、容易ならぬ、畏怖すべきというような、覚悟に触れたような気がした。わたしは、星子がよくしゃべると書いて、どういう声で、どういうことを話すのかと問われて、何一つ答えられないということがある。答えてもそれはあなたがしゃべっているのでしょう、ということにしかならない。星子は「ああ」とか「あー」に濁点がついているような声をときたま出すだけである。そしてわたしは星子が、風呂に入れているようなとき、よくしゃべると思うのである。石牟礼さんのひそかな覚悟についても同じようである。ただ石牟礼さんは自己否定的にせよ、また〈超〉がつくにしても、作家であるからして、文にあたることはできる。「にんげんはもういやふくろうと居る」をはじめとして、それはもう、おびただしい文にあたらなければならないのだが、『苦海浄土』刊行後から数年の、三つの文をみていただく。

運動らしきものの起こってくる時に立ちあい、そのような、魂たちのいるところになんとかいざり寄るべく、かかわりうるかぎりの人間関係の核の中に、わたくしはしどろもどろの秘かな志を織りこみ埋めこみ、護摩を焚くかわりに、ことばを焚いてきた。
ことばが立ち昇らなくなると、自分を焚いた。（中略）
じぶんを焚く、などという営為は、他者、他の個、他の無、とのかかりそめならぬかかわりを焚いてゆくための、一人《いちにん》の秘儀でもある。（中略）
存在そのものが死をはらんでいる時代であればことばもまた死滅する。

言霊とは、存在が発祥するときの生命そのものに名づけられたことばだった。
（石牟礼道子「じぶんを焚く」『展望』筑摩書房、一九七一年七月号）

自らを火にくべる。一九歳で火刑にされ、のちに聖女となったジャンヌ・ダルクを思わせる。ただ、いのちそのものである言霊ということばを焚くのである。いのちを燃やす、烈々たる情熱を文に注ぎ込む。身をけずって成る文、いま手に握っている鉛筆のように、自分の身を実際に削って、自分の身がなくなることを石牟礼さんは目指したのだ。

狂えばかの祖母のごとく縁先よりけり落とさるるならんかわれも

（中略）
この祖母も祖母の怨恨の元凶であった祖父の臨終もわたしが看取り、暫くするとこんどは弟が、精神病院から帰ってすぐに、汽車にひかれて死んだ。私の家系には狂死が多いのである。（中略）
後年、凄惨きわまる図絵が繰り広げられる水俣病事件史の中をゆくことになった。その経過の中で窮死した父を含めて、このものたちの微笑に、わたくしは導かれていた。その生と死をふたたび生き直しながら、自分の中に狂気の持続があることを、むしろ救いにも感じていた。

（石牟礼道子『潮の日録　石牟礼道子初期散文』あとがき、葦書房、一九七四年）

「人知れず微笑まん」を思う。樺《かんば》美智子さんはわたしより一つ年下で、あとで知らされたことによれば、わたしたちの位置から五メートル横で亡くなった。樺さんは狂気ではなかった、いや、とも思う。わたしたちは一九六九年「たとえ砦の狂人と言われようと」という文を書いた。わたしは狂気だった、いや、とも思う。石牟礼さんの狂気は切実だった。狂気でなければ、水俣に生き、水俣病に向き合い、水俣病を書くことはできない。「風に揺れるは影ばかり」（「旅の夜風」一九三八年）、影としてでしか生き、書くことはできないのである。

すこしなにか言っておきたいことがあるような気がして、それは、この事件の経過の中で、「支援者」といわれた人々のことでした。

世の中には、無償のことをだまって、終始一貫、やりおおせる人間たちが、少なからずいるということを知りました。当の患者さんたちにさえ、名前も知られず、顔も知られず、やっている事柄さえ知られずに、いや知らせずに、それこそ、三度のメシを一度にして、ただでさえ貧しい家産を傾けて生命をけずり、ことを成就させるためには何年も何年も、にがい苦悩を語ることなく黙々と献身しつづけた多くの人びとと共にわたしは暮しました。ただ瞠目し、居ずまいを正し、こうべを下げて過ぎこして来ました。この知られざる献身はいまにつづき、おそらく患者たちの最後の代まであることでしょう。このようなひとびとの在ることはわたくしにとっての荊冠《けいかん》でもあり、未知なるなにかであり、実在の永遠でした。そのいちいちを患者たちは知らずともここに記し、終生胸に、きざみ、ゆくときの花輪にいたします。もうあの黒い死旗など、要らなくなりました。目がもつれますから。

祈るべき天とおもえど天の病む

（石牟礼道子『天の病む　実録水俣病闘争』葦書房、一九七四年）

無名、無償の支援の人々に対して、〈有名〉となった自分は、自ら荊冠を被るというのである。荊冠の棘は皮膚に食い込み、その末端は皮膚を破って外に出る。ディルク・バウツの涙を流す「荊冠のキリスト」を思う。荊冠のキリストを涙とともに表現したのは初期ネーデルラント絵画においてディルク・バウツが最初である（荒木成子「ディルク・バウツの涙を流す〈荊冠のキリスト〉」『清泉女子大学キリスト教文化研究所年報』清泉女子大学、二〇一四年）。

石牟礼さんの顔にも泪が光る。悲しみの泪は〈有名〉を洗い流し、果てはからだを流し去った。石牟礼さんは気配たちの一員となった。気配の行く道のりに限界はない。苦しむ人たちのだれにも寄り添うことができる。そして石牟礼さんの名前は消えなかったけれど、それは個人の名ではなく、無名集合名詞となった。そのようにして、以後、石牟礼さんは、溢れるいのちの言葉を、いのちそのものを、書き記していったのである。そして、それは即ち、生きとし生けるもののこころにじかに届く〈水俣病の告発〉であった。

（さいしゅ・さとる　環境哲学）

〈累〉の悲哀　紡いだ文学

辺見 庸

　ヒオウギガイという二枚貝がある。虹色貝という別名もあるほどで、赤や紫の鮮やかな貝殻があまりに美しく、中身を食いおえても捨てるに捨てられない。石牟礼道子さんの訃報に接したとき、ふと、まなうらがその貝の色に染まった。病が重る以前、おりにふれてお手紙をいただいたのだが、そのなかに、ご自分の手がときどき「バラ色に見えたりいたします」という文があり、ああ、たなごころがヒオウギガイのように彩られるのかと、いぶかりもせずに、想像したものだ。

　時系列を整理しないといけない。むかし、石牟礼さんと快晴の天草にフェリーでわたったことがある。彼女からヒオウギガイが送られてきたのは天草ゆきの前だったか後だったか。たぶん、後であろう。ゆれる船内の移動で、わたしは彼女の手をとり、おからだをささえた。だから、後日も手がバラ色に見えたというのは、石牟礼さんの記憶の「詩」であり、天草ゆきは「まるで過ぎし最良の日が、記憶の割れ目からぽっかり見えたような出来事でございました」の文面にも誇張はないのだとおもう。

わたしたちはしあわせだった。眩《まばゆ》い空。痛みのないからだ。晴れた心。そのような「時」というのが生きていると、ごくまれにある。フェリーをカモメがおいかけてきた。わたしは食パンの切れ端をカモメたちに投げあたえた。石牟礼さんは少しもくもりのない顔でそれを眺め、カモメが空中で上手にパン切れをキャッチすると、うれしがって手を叩いた。ふたりしてカップ麺をほおばり、子どものように笑った。


石牟礼さんは、人を現前するただ一個のものとはみない。「むかしむかしのものたちが、幾代にも重なり合って生まれ、ひとりの顔になる」(『十六夜橋』)ととらえ、その〈かさなり〉に、しばしば〈累〉という漢字をあてた。〈累〉とは、このましくないかかわりのことである。いつかの手紙では自作について「悲哀だけで成り立っている」と書き、けっきょくはそのように作品をけんめいに彫琢してしまうことの、〈累〉の悲しみから逃れえないさだめをほのめかしている。わたしの生き方をも〈累〉の窓からごらんになっていたのではないだろうか。

石牟礼さんにはおそらく、ふたつの顔がある。涙淵《るいえん》に沈む面差しと、まったくぎゃくの〈童女〉のようなそれ。名作『苦海浄土　わが水俣病』と多くの作品は涙の淵のなかに生まれ、そして、天草ゆきのときの彼女は、あどけない童女のようであった。ふたつながら目におさめたわたしは、石牟礼さんを体内で復活させているのかもしれない。それに、『苦海浄土　わが水俣病』の深みは、じつのところ、わたしを記者から作家へと転身させる遠因になった。

状況の「悪」をそれとして描くだけでなく、自己内面をも徹底してほりさげる文章の活路はもっぱら彼女から学んだ。いまも学ぼうとしている。わたしは悲しくうつくしい〈累〉をひきうけるように、石牟礼道子さんを記憶しなければならない。


もう二十年も前の手紙に石牟礼さんはこんなことを書いていた。「日本が腐れ落ちてゆくのをしかと見とどけるのも寿命のうちかしらと思い、まさか長生きするのではないかとがくぜんとしたりいたします」。この国は彼女の生前に、すでにして「腐れ落ちて」いたか。人びとはいま、さらに「腐れ落ちて」いるのか……うろたえつつかんがえる。

ヒオウギガイの前には、熊本で石牟礼さんが童女の笑顔で炊いた栗ご飯をごちそうになったのだった。おいしかった。黄色、紅、紫が、想い出のむこうに虹をかける。栗ご飯の後の手紙では、こんなにもつらそうな歌が一首したためられていた。座り机で、大きなルーペをつかい、これを記していた彼女の背の孤独を痛く感じる。

くるめきて散る黄葉に打たれおり
わが血のなかの遠き生死も

（へんみ・よう　作家）

水俣病を告発する会――石牟礼道子さんとの日々

松岡洋之助

やがては起こる事態と思って覚悟はしていても、いざ実際に訃報が届くと、呆然として深く落ち込んでしまう。

昨年〈二〇一七年〉一〇月下旬、熊本市立白川中学校の七〇周年の集いに参加するために熊本に帰り、〈カリガリ〉で焼酎を飲んでいると熊日〈熊本日日新聞社〉の浪床記者がやってきて昨日会ったという石牟礼さんの姿をスマホの映像で見せてくれた。すっかり疲れ果てた表情だった。何のコメントも出せないまま、しばらく見つめた。それから四ヶ月、磯さんから訃報が届いた。

四月一五日、東京有楽町の朝日ホールで〈石牟礼道子さんを送る〉集いが開かれ、凡そ一〇〇〇人の人々が別れを告げた。その集いのパンフレットの冒頭に石牟礼さんの言葉があった。〈生死のあわいにあればなつかしく候　みなみなまぼろしのえにしなり〉。

しかし石牟礼道子さん。僕にとっては、あの五年たらずの水俣病の患者さんや告発する会の仲間との日々は、まぼろしのえにしではなく、生きているという実感に満ち、素晴らしい人たちとの出会いに恵まれた時であり、いまでも心に残る、かけがえのないものなのです。

元気な頃の石牟礼さんに最後に会ったのは、もう何年前になるのだろうか、藤原書店が『石牟礼道子全集』を刊行した時のことで、早稲田大学の近くの小さなレストランでの集いだった。その頃には東京に転勤し、定年後の暮らしをしていて、石牟礼さんとの交流は賀状を通じてのものだけだった。

ある年、賀状での挨拶を終わりにしますとの意志が述べられ、忙しくされているのだろうと思ったことがある。間もなく八三歳になる私は今でも四〇〇通ぐらいの賀状を書いているが、実をいえばかなりしんどいものである。出会った人を大切にする石牟礼さんがよく決断されたものだと思う。

石牟礼さんの年賀状は味わいのあるもので、楽しみだった。毎年自筆の絵が書かれていて俳句が添えられているものもあった。一枚ぐらい昔の賀状が残っていないかと探してみた。出てきたのは骨折をして一年あまり入院していたが、回復への第一歩を猫の仔に助けてもらって踏み出しましたという挨拶状だった。もちろん子猫の絵が書かれている。器の中にゆったりと眠っている、可愛い姿は素晴らしい出来映えである。石牟礼さんは画伯でもあったのだと、あらためて思った。そういえば自叙伝の『葭の渚』には母上の顔の絵や自画像が掲載されているが、どれもよく描かれている。子猫の絵もカットに使われている。

私が石牟礼さんに初めて会ったのは一九六七年、昭和四二年の春の頃と思う。石牟礼さんが四〇歳。私が三二歳。ほぼ五〇年前のことである。今回の原稿依頼を受け、どこかに昔のノートがあるはずだと資料を探すことにした。仕事はいい加減にしたこともあるが、取材ノートや日記帳、台本の類はかなり真面目に残している。ダンボールの箱六個、紙袋を七つ、棚から引きずり下ろして、二日間かかって探したものの見つからず、最後の一袋から、やっとそのノートを発見した。ノートの最後の処に石牟礼さんの話のメモがあった。ノート三ページ半、かなり長いと思うが、そのまま書き写してみる。

〈石牟礼道子さん取材メモ〉筆者　松岡洋之助
石牟礼道子　天草　河浦町宮野河内生まれ　昭和二年（吉田）　水俣第一小学校……水俣実務学校　当時、中学に行くには　八代、熊本、鹿児島だった
農家　三〇アール　~現在は一五アール　兼業農家　父は石工
一六歳　田浦の学校の代用教員になった
一八歳　文学を志した　一億總玉砕を教えており、その時先生をやめたいと思ったときの苦痛

が生がいを決した　戦争責任を取ってやめた
農村の貧乏に対する疑問　田浦の子どもを通してあらわれた　満蒙の開拓団へ子どもを送り出した　青春の対象になる人たちがいない　若い男性と夢がかたれない
八代にいる徳永先生という人から教員の練成場で宮沢賢治の〈雨にもマケズ〉の詩を知って感動した（ノートに書き付けていた一二歳の頃から日記とか感想とか）
昭和二一年結婚……苦痛を逃れる
結婚後　家族制度　婚いん制度　村のおんなたちの観察
生活苦小屋を建て（夫が代用教員で収入少なく）行商をやったりしていたが、商売よりもその地の人情、景色にひかれている
自分の気持ちを短歌で（韻律で）表現をしたいと思い、新聞に投稿し〈南風〉に入った歌壇への疑問を投げかけた。楽しむというグループと、大義名分を見出そうという立場から別かれていく
山内龍……この人が谷川がん氏に紹介　水俣に療養中　作品（短歌）を持って会いに行った。
詩と短歌……がん氏の処で他の人たちと知り合う　歌声運動のはしりということをやった　村の人たちが相談なり
村の女をみているうちに（婦人会などで）遊びにきていたりしていて

亭主の悪口、しゅうとの悪口で週に一度のいう具合に集い生き生きとしている
集まりを持てば何と明るいことかと思う……村の記録
婦人会という大義名分という　何でもやれる
着物も買ったりしていたことへの感じ
村の現状に満足していないことにきづく　生活の現場がどうなっているかという疑問
青年と話し合う機会がふえる　生活の場所の現実を書き記しておきたい

現代の女性への考え方　生活の中に埋没していくのでは
どうなるのだろう疑問
愛とは何だろうということを手探りに考える
女が何かやろうとすれば、まわりの人がつぶしてしまうようなムードある。昭和三四年にサークル村に愛情論を発表
記録文学　庶民の志は折られっぱなしということから何かを記録するかを主義とする　ならどうだろうか
水俣病を見つめていれば、日本と私というものがここに〈ぎょうしゅく〉されて出てくる　それを記録したい　ふるさとのことを書きしるしたい　失われたポエムを書きたい

〈水俣病〉
人間の本性は強いなあという感じがする　植物的に生きている少女　イシキしていなくても大きくなっていく
人間であるという表現する子供をみると人間の尊厳であり、それをこわしたものへの怒りを感じ多くの人に知ってもらいたい
高群さんの本〈女性の歴史〉を読む　世代論という形で対話したいと思う
〈性のろう獄〉家父長制……を読み感動する　自分の疑問を解決してくれると思った　生き方　仕事を含めて人間いかに生くべきかという手本　精神的に充実した時自分の周りをみてみると……女性はいつも愛情を注ぐ対象を途中で奪われてしまう

いま、このメモを読んで見ると、石牟礼さんは初対面の私にかなり長く話してくれている。寡黙だと聞いていたが、ほんとは意外におしゃべりだったのかもしれない。そして、当時の石牟礼さんがどんな事に関心を持ち、どんな悩みを抱えていたかが、よくわかる。

自叙伝の年譜をみると既に『苦海浄土』の文章を書き始めており、水俣病のことを多くの人に知ってもらいたいと話している。

当時の石牟礼さんの家は水俣市の中央を流れる水俣川の河口の近くにあった。水俣の地名は水

俣川と湯出川の合流する処に開けたから町だからと、聞いたことがある。満潮時には水量が増えていた。川の左岸には徳富蘇峰の父の名をつけた〈淇水文庫〉があった。今では水俣市立蘇峰記念館というらしい。水俣大橋を渡ると水俣市役所がある。そこから左へ行く。しばらくして右へ曲がると石牟礼さんの家に着く。五〇年前のわずかな記憶に頼り書いているので少し違っているかもしれない。湯の児温泉に向かう道の途中になる。私がずっと覚えていたのは〈日当猿郷〉という地名だった。たしかヒアテサルゴウと読むらしい。日のあたる猿の里というのは、のどかで心やすまる処のようだが、実際は一五アールの田んぼでは貧しい零細農家の地区だったのかもしれない。メモをよく見ると、石牟礼さんの思春期ともいえる戦時中から戦後は最も苦難の時代だった。八歳年下の私は小学生で戦時中を過ごし、国民学校四年生で敗戦を迎え、ラジオから流れてきたアメリカのジャズを口ずさみながら屈託なく育ち、平和と民主主義の若者になった。

また石牟礼さんは高群逸枝さんの研究をするなかで、〈人生いかにいくべきかということの手本〉に出会い、精神的に充実した時とも話している。自叙伝を読むと、高群逸枝の夫、橋本憲三さんについて一二ページにわたって書いている。橋本さんによって、作家の道を歩むことを決意し覚悟を決めたと思う。

橋本憲三さんはその頃は水俣に住んでおり、私も一度、取材に伺ったことがある。憲三先生は、書斎の大きな窓を指さし、逸枝さんの墓は、この窓から見えるところにありますよと話し、取材のあとにそこまで案内された。先生に出演料の薄謝のお礼を渡すと、領収書に〈高群逸枝の代橋本憲三〉とサインされて、憲三先生は何という人だろうと感動したものだ。もちろん私の人生で、こんな領収書を受け取ったのは、これ一枚である。憲三先生の妹さんに静子さんという方がおられた。水俣市の中心地、六差路商店街で食品店を経営されていたが、橋本静子さんは憲三先生が亡くなったあとも逸枝・憲三さん関連の本が出ると贈ってくださった。石牟礼さんとともに、忘れられない二人である。

もう一つ、書いておくことがある。メモを書き写しているうちに当時、ショックを受けた言葉があった。

〈女性はいつも愛情を注ぐ対象を途中で奪われてしまう〉

当時もいまも私は、この言葉にこめられたものを理解していないが、女性の置かれた立場をあまり考えたことがない私には、かなりきびしいものだった。

いま思うと初対面のこのとき、まさか水俣病の闘いをともにするとは思ってはいない。しかし、私が水俣の闘いに加わることになるのも、石牟礼さんが原因である。

一九六八年、昭和四三年の夏、石牟礼さんと日吉フミ子さん、松本勉さんの三人が私を訪ねてこられた。その年の一月、三人を中心に〈水俣病対策市民会議〉を結成したばかりである。おそらく私は水俣病の話だろうと思って話を聞くことにしたが、そうではなかった。石牟礼さんが、もじもじ、おろおろ、口ごもりながら、お願いがありますという。あとで気づくが、石牟礼さんは人と話すことがうまくない。人ときちんと向き合うのが好きではないのだろう。お願いというのは、渡辺京二さんに話をしてほしいということだった。日吉さんたちは再び戦争を起こさないように〈八月一五日を考える会〉を開くので、渡辺さんに来てもらいたいという。どこに本音があったかは分からない。自分達で話せばよいではないかと思ったが、石牟礼さんが亡くなったいま、確かめようがない。京二さんなら会いたいのでいいですよと安請け合いしたが、これが京二さんとの大論争となった。熊本に〈アロー〉という喫茶店があり、マスターの八井さんがいまも語り草にしている。

論争のきっかけは、いまさら八・一五のことを話し合ってもなんにもならない、ナンセンスだ。戦争は同じ形では起こらない。私は私なりに、話の趣旨を述べたものの説得できず、ついに二人とも声が大きくなり話の内容も七〇年闘争をめぐるものとなる。私は反戦闘争を闘うと力み、京二さんは思想家を目指すと言ったとおもう。八井さんが〈お客さんがドアを開けては驚いて帰ります。仕事になりません。もうやめてください〉と静かに申し入れたので、やっと終わりのゴングが鳴った。店を出た私はもう渡辺さんとは一緒にやることはないだろう、顔を見るのもイヤだと思った。

石牟礼さんたちの会は、八月一五日に、私が折衝して熊本放送局の会議室で開かれた。私も立会いをかねて参加したが、この夜会議室の外が騒がしくなったのでドアを開けてみると日本放送労働組合長崎分会のメンバーが九州支部執行部との団交に臨むために到着したのだった。このあと私はいろんな活動に動き回ることになる。

こうした経緯をへて、あらためて石牟礼さんが渡辺さんに協力を求め、一九六九年四月、〈水俣病を告発する会〉が結成される。その活動の中で私は石牟礼さんの代役を務めることになった。石牟礼さんは、都会が好きでなかったと思う。旅に出て、面倒なことを自分でやるのがキライというより、出来なかったのではないか。石牟礼さん、今ではもっと大変ですよ。何もかも自分でやらなければならない現代のくらしには、後期高齢者になった私など戸惑いイライラするばかりですよ。しかしその頃の私は、他の土地へ行くのはキライではなかったので、七〇年の夏には各地の学園祭の担当者から石牟礼さんあてに来た講演を代わってやってほしいといわれ、六つの大学に出かけたことがある。どこでも一〇〇人足らずの人しかいない。石牟礼さんが来なくてよかったと思ったものだ。しかし、身代わりの私の話でも分かってくれたのか、静岡薬科大学での学園祭では、話し終わるとすぐ静岡大学の学生が来て、来週の日曜日うちの学園祭に来てほしいと頼まれ、二週続けて静岡に行ったことがある。いま次男夫婦が静岡に住んでいて孫に会いに行っては昔のことを思い出す。

いよいよ、明日はチッソの本社に突入するというとき、石牟礼さんがホテルの宿泊券を持って、代わりに泊まってほしいという。東京告発の人が東京駅のステーションホテルの宿泊券を用意したらしい。その時、私たち年配グループは丸の内南口が集合場所になっていた。少しでも近いところがよいだろうと気を配ったのだ。私は即座にわかりました、私が泊まりますと引き受けたものの、みんなと別れて、初めてのホテルで突入前夜を過ごすのは、いつも以上に緊張したものだ。

ここまで書いて昨日の不思議な出来事について述べると、丁度、石牟礼さんの旅嫌いのことを書いて、アイドルタレントの中には自分で切符も買えない者がいるが、石牟礼さんもそれに近いのではと書こうとしたら、パソコンの画面が暗くなり電源が落ちたのである。原因はバッテリーが切れたのだが、まるでマッツァンやめてよと石牟礼さんからのメッセージが届いたかのようだった。おかげでその文章は消滅、いま書き直している次第だ。

一九七三年七月、チッソとの交渉が一段落して、翌七四年、私は福岡に転勤。広島を経て五〇歳の年に東京勤務となり、水俣は遠くなる。しかし、そろそろ定年も近くなる頃、石牟礼さんからのメッセージが届く。『朝日新聞』に水俣病をめぐる〈和解〉についての石牟礼さんの文章が出て、しばらくあとのことである。寝苦しい夏の夜、夢をみた。そして、次のような番組提案票を書いた。

ＮＨＫスペシャル提案　平成五年九月一日

タイトル
　ミナマタ・レクイエム
提案部　社会情報番組第一部　松岡
（提案主旨）
暑苦しい夏の夜は眠りが浅くなります。うとうととまどろんだかと思うと目が冴えて人生の来し方を思わず考えこんだりします。浅い眠りの中で夢を見ます。昨夜の夢はエイズを取材するものでした。……
その夜明け前、夢のことをぼんやりと考えている時のことです。天の声が届きました。届いた声というのは石牟礼さんのものでした。〝松岡さん〟水俣病患者が三度処理されようとしているのですよ。
細川連立政権と皇太子妃雅子さま誕生は、チッソと水俣病被害者の間の和解を成立させる気運を盛り上げ、これまで反対してきた環境庁、大蔵省のいずれも和解に応じるものと思われ、それが実現すればいわゆる水俣病問題は解決するのである。
水俣病が厚生省に公害と認定されてから三四年、公害の原点といわれた水俣病問題もついに人々の目から消えていく。マスコミのほとんどもそれに疑問を持とうとしない。そうした動きに、孤立した立場からひとり静かに異議を訴えているのが何よりも水俣病患者の立場を知る石牟礼道子なのである。

（中略）

石牟礼さんが老境に入ろうとし、小生がテレビの現場を去ろうとする時に水俣病の〈結末〉が展開されるのは偶然とはいえ、その事実そのものが何故かドキュメントとして制作せよと迫ってくるという気もするのです。

もちろん番組の提案に私情をまじえるのは邪道です。けれど、客観的事実と冷徹な評論とでつらぬかれた提案が視聴者にとってよそよそしくなるケースが多いだけに、たまには私情に偏った心情的な提案もお聞きいただけないかと思います。（以下略）

提案表の右側に構成要素を書いている。長くなるので見出しだけを紹介する。
・和解へと進む水俣病問題
・孤立の立場から異議の訴え
・三度〈処理〉されようとする患者
・高齢化する患者
・エコロジー運動のかげに風化する水俣病
・石牟礼道子の世界

・形式的には解決してもなお残る課題　私達に突きつけるもの　二一世紀へのメッセージ

もちろん、この提案は提出できなかった。しかし私にこの提案を書かせたのは石牟礼さんである。私はそれまで水俣をテーマとする番組をつくらないときめていた。しかし定年の年の春、ＥＴＶ特集で水俣をテーマとする三本シリーズを制作することになった。六〇歳を前に、本格的なドキュメンタリーは私には無理だと分かっていたので、原田正純さんと富樫貞夫さんの対談を軸にして、水俣の人々へのインタビューと現在の問題点を探り、構成することにした。

原田さんに電話をすると、あーたの頼みなら断われんたいと快くひき受けてくれた。原田さんとは学生運動時代からの付き合いだった。富樫さんも了承してくれた。二人がテレビで対談するのは初めてだった。

明後日からロケに入るという日、神戸の大地震が起こった。ロケを延期すべきではないかと思ったが、放送は三月下旬の予定だけに私たちは水俣へ向かった。水俣の海は相変わらず美しかった。水俣の人もやさしかった。上村さん夫妻、浜元二徳さん、川本輝夫さん、佐藤武春さんは船を出してくれた。杉本さん夫妻、坂本フジエさん、しのぶさん。女島の緒方正人さんにも話を聞いた。丁度、土本典昭さんも患者の遺影を撮影するために来ていた。石牟礼道子さんには、熊本で取材した。

この時のロケで、いまでも覚えていることがある。ロケの合間に原田さんと二人になった。若い時のことを話しているうちに原田さんがポツリと言った。私より早く、水俣病患者のことを調べていた共産党の若い党員がいたんですよ。しかし上からは無視されたようで、いつの間にか消えていった。原田さんしか知らない話だった。

あのユージン・スミスの写真で知られる智子ちゃんを抱いた上村好子さんは、私たちの撮影が終ったところで、〈あん時はきつかった、ユデダコになるかと思った〉と話す。私は、そうまでしても撮影することは出来ない。そこが、名カメラマンと平凡なサラリーマンテレビディレクターとの違いである。それにしても、智子ちゃんもさぞ熱かっただろう。

石牟礼道子さん。長い間、お疲れ様でした。また、夢に現れてください。

（まつおか・ようのすけ　元NHKディレクター）

地方に暮らすお茶目でふつうの主婦

中村桂子

石牟礼さんとは「水俣フォーラム」や鶴見和子さんを偲ぶ「山百合忌」などで御一緒しました。とても小柄でいらっしゃるのに独特の存在感で周囲の人を惹きつけ、近くにいることに幸せを感じさせて下さる方だ。親しくお話することはありませんでしたが、同席していつもそう思っていました。

小説・エッセイ・詩・俳句とあらゆる表現に長けた「言葉の人」であり、生きることや自然をみごとな言葉で語って下さる著作を通して石牟礼さんに触れるのもまた幸せです。そのすばらしさについてはこの特集〔『現代思想』二〇一八年五月臨時増刊号〕でも多くの方が語られると思いますので、私のとても個人的な思いを綴らせていただきます。

『苦海浄土』によって、石牟礼さんは国家権力や大企業に立ち向う水俣病闘争の象徴的存在となり、石牟礼さん無しでは水俣問題がここまで深まることはなかったとは誰もが思うことでしょう。その芯にある強さはみごとです。けれども、私は石牟礼さんの書かれたものを読むといつも自然に笑ってしまうのです。とてもお茶目で可愛らしいところがそこここに現れており、実はそこが一番好きです。

『多田富雄コレクション』の推薦文はこうです。「ご著書の中に、『元祖細胞』というのが出てまいり、私は常ならず親愛の情を抱きまして、エプロンのポケットに、元祖細胞を入れて連れ歩くようになりました。

ここに元《はじめ》の祖《おや》　細《こま》か き胞《あわ》の命《みこと》いでまして
天地《あめつち》の間のことを語り給ひき

などとつぶやきながら多田先生のご受難を考えていると、制度として発達した文明社会では、肉体や魂を持った学問は、制度への供犠としてあつかわれるのではないか、そういうことにさせまいと思ったことでした」

この文の意図は「制度として発達した文明社会では、肉体や魂を持った学問は、制度への供犠としてあつかわれるのではないか」というところにあるのはもちろんです。でも、「エプロンのポケットに元祖細胞を入れて連れ歩く」石牟礼さんを想像すると楽しくてたまりません。私も細胞やDNAとはかなりお近づきになっているつもりですが、まだポケットにそれらを入れて連れ歩いたことはありませんし、もし入れるとしたらスーツのポケットになりそうです。エプロンというところが絶妙です。ポケットの中の元祖細胞が、今日の夕飯は何だろうなと首を出している様子を思い浮べて笑ってしまいます。そしてこの感覚があってこそ文明社会への批判の力も強くなるのだと思うのです。

『苦海浄土』は、池澤夏樹さんが厳選なさった『世界文学全集』に日本文学の中から唯一つ選ばれたことでわかる名著です。扱われている題材はまさに苦海ですのに、これほど美しい表現があるだろうかという言葉が次々と紡ぎ出されるすばらしい作品です。書き出しから引きつけます。でも、ここでも私は大笑いしました。『苦海浄土』を読んで笑うなど、とんでもないと叱られそうですが何度読んでも楽しい場面がいくつもあります。

なかでも好きなのが「花ぐるま」にある一節です。水俣闘争の中でも一つの節目と言える一九六九年のチッソへの「申し入れ書」提出の時のエピソードとして描かれます。二九世帯が訴訟へと動き、チッソ大阪本社の株主総会に巡礼姿で出席することになります。そこで御詠歌の練習が始まるのです。

人のこの世は　ながくして

かはらぬ春とおもへども
はかなき夢となりにけり

株主総会で患者や家族がこれを詠ずる姿を思い浮べると鬼気迫るものを感じる一方、御霊が深く沈む静けさをも思います。練習をするのは一五人ほど、その中に「和やかさの中心が、とぼけた笑いをいつもかもし出す、江郷下マスと坂本トキノの二人の婆さま」がいると石牟礼さんは書きます。

いつもおしゃべりが止まらないこの二人が、御詠歌の練習ではとんと元気が出ません。私がその場にいても同じだと思います。でも短期間で仕上げなければならないので、師匠は「馬鹿ばなしする時の元気は、どこにやんなったか。まいっぺんやる。鈴の持ち方がだいたいなっとらん」と厳しいのです。そこでおマスさんが、「はかなき夢」というところを「はかなき恋」とうたってしまいます。もちろん「やり直し」です。ところがあろうことかやり直しでは、おマスさんだけでなく他の人までもが「はかなき恋」になってしまうのです。「夢と恋ば間違うちゅうがあるか」。師匠はますます厳しくなります。おマスさんは一生懸命稽古したのですが、なぜか夢を恋と思いこんでしまったのでした。そこでトキノさんが「夢も恋もたいしてちがわん」ととりなします。みんなが真面目なだけに、この場面を想像するとおかしくてしかたがありません。マスさんともトキノさんともすぐに仲良しになれそうだなと思いながら思いきり笑いました。もちろん、笑いでは終りません。なぜこの人たちが美しい海や山の恵みの中でこの笑いに包まれながらつつましい日々を送れないのか。大都会へ行って株主総会などという日々の暮らしとは無縁の場へ行かなければならないのかと思うと腹が立つというより悲しく、落ちこみます。

株主総会でも「婆さまたちはやっぱり、ところどころ文言をたがえる。しかしそれが何であろう」。石牟礼さんはきっぱりそうおっしゃいます。練習の様子に思わず笑っただけにこの場面ではとても厳かな気持になりました。婆さまたちの存在が、国や自治体や企業という組織の中の人の振る舞いの情けなさを浮き彫りにします。なぜこの方たちは自分自身に正直になれないのでしょう。今もそれは続いています。

私が水俣を意識したのは一九七〇年でした。恩師の江上不二夫先生が「生命科学」という新分野の研究所を創設され、そこではたらくことになった時です。有機水銀を海に流す時、人々は海を大量の水と捉えました。実はそこが生きものたちの暮らす場であり、流した毒は生物濃縮によって私たち人間に戻ってくるという考え方をしていなかったのです。「生命科学」は海を生きものの場として捉える見方を出さなければいけない。先生はそう言われました。重要なことですが、それだけに安易にこの問題に直接関わるのは難しいと思い、直接水俣に触れることはせず、専ら基礎研究を考えていました。ところが、一九九四年に私にとって思いがけないことが起きました。

石牟礼さんと共に患者さんたちが結成なさった「本願の会」から、水俣病公式認定五〇年の会にお誘いをいただいたのです。生命誌が自分たちの気持と重なると言われ、本当に驚きました。そして初めて訪れた水俣は「なんと美しい」としか言いようのない地でした。

そこから本気で石牟礼さんの御著書を読むようになり、あの美しい自然があってこそ生れた作品と実感しました。自然とそこに暮らす人々の日常が、体の中から湧き出してくる言葉でみごとに表現されているすばらしさです。だからこそ、そこに水俣病という人間の業のような事件が起きてしまったことのむごさがより身に沁みます。ここに石牟礼作品があるのですから、私たちは水俣の問題を人間の生き方として真剣に考えざるを得ません。石牟礼さんの文を読んでいると「人間は生きものであり、自然の一部である」という生命誌のテーマで考えるべきことが次々と顕れ、これからもここから学び続けることになるという気持が生れ身が引き締まります。

石牟礼さんは御自身をいつも「地方に暮らすふつうの主婦」として語られます。大きな仕事をなさった方という評価に対して謙遜なさっての言葉かもしれませんが、私にはこれが石牟礼道子という存在の最も大事な要素だと思えるのです。私は、水俣病に象徴される二〇世紀の科学技術社会が生み出した負の課題を乗り越えて、二一世紀を一人一人が生き生きと暮らす社会にするために最も大事なのが、「ふつうのおんなの子」の考え方や思いを生き方につなげることだと思っています。そしてその代表が、「地方に暮らすふつうの主婦」である石牟礼さんです。東京にいる官庁や大企業のお偉い男性が、暮らしやすい二一世紀をつくってくれるとは思えません。「地方」、「ふつう」、「主婦」のどれもが未来を創る重要な力を表わす言葉です。

患者さんたちの「社長に会わせてくれ」という願いを叶えようと、東京に座り込みに行った時の話があります。「ご無礼だろうから背広ば着ていかんばいかんばい」となって、背広やネクタイを借りて出かけます。この時患者さんたちが思っていた無礼をしてはいけない偉い人は、徳の高い人だったと石牟礼さんは書きます。そういう人に会いたかったんだと。実態がどうだったかを書く必要はないでしょう（この時でさえ、巨体の参加者がハンストの途中で、腹が減って、腹が減ってと嘆くエピソードが、いつもの笑いを誘います）。

石牟礼さんが「地方に暮らすふつうの主婦」であり続けて下さったことに感謝します。それが過酷な状況の中でなお水俣の人々がみごとな生き方をしていることを支えているのがわかるからです。自分の考え方は生命誌と重なると言って下さった漁師の緒方正人さんは、「チッソはまた私でもある」という発言で皆を驚かせました。ここに到るまでにどれだけの苦悩を味わわれたことかと想像しても、真実を知ることは無理です。けれどもチッソという言葉にこめられた二〇世紀の負を総合的に捉え、その時代を生きた一人としてそれを乗り越えようとしていらっしゃることは確かです。私も石牟礼さんを核にして生きる水俣の方たちと同じ方を向く人であろうと思っています。

石牟礼さんは多くの作品を通し、また人々の中に残して下さったたくさんの思い出を通して、人間が生きものとして生き生きと生きる社会づくりを引っ張って下さる存在であり続けるに違いありません。私も、時々笑いながら石牟礼作品を読み、笑った後はその奥にある大切なメッセージを受け止めていきます。そして「人間は生きものであり、自然の一部である」というあたりまえのことを考え続けます。

（なかむら・けいこ　生命誌）

石牟礼道子さんの「眼差し」

高峰　武

二〇一八年二月一〇日、石牟礼道子さんがパーキンソン病による急性増悪のため亡くなった。昭和二年生まれ、九〇歳だった。パーキンソン病は一六年ほど前から患っていたが、亡くなる直前まで時代と言葉に向き合い続けていた。私たちには、石牟礼道子という器に入れられた多くの生きた言葉が残された。

法名

二月一二日、熊本市東区の真宗寺であった葬儀の日は、日本列島が大寒波に覆われていたころで、熊本にも雪が舞った。「釋尼夢劫《しやくにむごう》」。石牟礼さんが自分で付けていた法名という。真宗寺住職の佐藤薫人氏によると、「夢」には今生きている人と死んだ人をつなぐ場所という意味がある、「劫」はサンスクリット語の時間の単位。大きな岩が百年に一度やって来る天女の触れる羽衣で削り取られるほどの長い時間。法名に込めた意味を本人に直接聞くことはかなわなくなったが、「夢」は、「もう一つのこの世」などといった言葉を使った石牟礼さんらしい言葉ではあった。

石牟礼さんの詩集『はにかみの国』の中に、こんなくだりがある。「海と天とが結び合うその奥底に、私の居場所があるのだけれども、いつそこに往って座れることだろうか」

この言葉に沿って考えれば、石牟礼さんは生前も亡くなった今も、実は同じ「海と天とが結び合うその奥底に」ずっと座っているように思う。法名の「夢劫」の世界かもしれない。

印象深い言葉

二〇一七年夏。かつて東京・新宿にあったバー・ノアノアを経営していた若槻菊枝さんの一生を描いた『若槻菊枝　女の一生』(熊本日日新聞社)の帯の文章を石牟礼さんに依頼したことがある。知人を通じて著者の奥田みのりさんが頼んできたのだ。

若槻さんは新潟の出身。バー・ノアノアの店内に「苦海浄土基金」という箱を置き、客からのカンパに自身のカンパも加えて水俣に送り続けた人である。上京した患者のために自身の家を提供、石牟礼さんには書斎も用意した。支援の女子大生がアルバイトで働いた。一九七〇年代、時代の熱がまだたっぷりあったころだ。ノアノアは画家ゴーギャンにちなんだタヒチ語で「香《かぐわ》しい」という意味である。若槻さんは絵も描いた。

依頼に行った時、石牟礼さんは体調を崩して熊本市内の病院に入院していたのだが、用件を言うと、「しばらく待って下さい」と言って何か考えるふうで、そしてやや震える声で一気に語ったのである。

「若槻さんは私より一〇歳年上だったが、経営する新宿の『ノアノア』に行くと、とても喜んで迎えてくれました。『泊まっていけ』というので、よくお宅にもお邪魔した。新潟のご出身で、豪快で色っぽい人でした。若槻さんからもご主人からもお便りをいただき、印象に残ることが多い。若槻さんの絵は今も熊本にあります」

「豪快で色っぽい人だった」が帯の見出しになった。本の帯ということを踏まえた、簡潔な文章。しかも若槻さんをよく知る人も納得する内容だった。

パーキンソン病もあって会う度に痩せて、言葉も聞き取りにくくなっていったが、しかし聞き取れた言葉は明晰だった。

亡くなって思い出したこともある。もう四〇年ほど前になろうか。映画プロデューサーの山上徹二郎氏が、初めて個展を開いた時のことだ。案内状の推薦文を石牟礼さんはこう書き出していた。

「山上くんのこと。羚羊《かもしか》が靴をはいて、東京を歩いている」

「羚羊が靴をはいて」という言葉がちょうど二〇歳になったばかりの山上氏の細い足を言い得て妙だった。


「四銃士」


半世紀にわたって水俣病事件と向き合ってきた医師の原田正純さんが二〇一二年六月、急性骨髄性白血病のため七七歳で亡くなった時、石牟礼さんはお別れの会で、車椅子からこんなふうに語りかけた。

「集団検診で熊大の先生方が、奇病が多発していた村々の公民館に村の人たちをあつめられて調べておられましたけど、子どもたちが、ネコの子が甘えて人間のそばへやってくるような雰囲気で、原田先生にとりすがって、甘えて、顔を見上げていたりして、そういう子どもたちと原田先生は戯れていらっしゃいました。原田先生がお見えになると、そこは、原始の野原に解き放たれたような、のびのびとした温かい広々とした気持ちになるらしく、それからの長い年月、魂のやすらぎがあった日のことを覚えていることでしょう。

原田先生にお目にかかると、たいへん人間が生物として持っているのびやかな気持ちにならせていただいて、励まされて『苦海浄土』という本を長い間かかって書きましたけども、人はいかに生きるかというお手本を、いつもニコニコして、なにげないお言葉でおっしゃっていました【★I】」

こう言った後、石牟礼さんは「花を奉る」を読み上げたのだった。

「花を奉る」は、熊本市健軍にある真宗寺の親鸞七五〇年御遠忌法要の際、「表白《ひょうびゃく》（仏への言葉）」として書いたものだ。真宗寺との関係について石牟礼さんを支えた思想史家の渡辺京二氏がこう書いている。「一九七八年には、真宗寺の住職佐藤秀人氏の知遇を得、同寺脇の借家に仕事場を移した。もともと親鸞の和讃に深く心魅かれる彼女であった。真宗寺の行事のために独特の表白文『花を奉るの辞』を書いた」（『もうひとつのこの世――石牟礼道子の宇宙』弦書房、二〇一三年、一二七頁）

筆者が勝手に命名したものに「四銃士」がある。フランスの作家アレクサンドル・デュマ・ペールの作品『三銃士』にならったもので、「四銃士」とは医師の原田正純、環境工学者の宇井純、写真家の桑原史成の三氏、そして作家の石牟礼道子さんの四人である。一九六〇年代、水俣病事件が水面に浮上し、そしてまた深い底に沈んだ時期。四人はそれぞれのテーマで水俣で起きているただならぬ事態に向き合っていた。四人の仕事の豊かさが、今、私たちが水俣病事件の実相を知る上で貴重な手がかりとなっている。

実は原田氏にも、石牟礼さんの印象は忘れ難いものとして残っていた。原田氏は生前、言って

いたものだ。「検診の会場に行くと、決まって彼女がいた。最初は保健婦さんだろうと思ってい
た」。ノートも持たずに立ち続け、心に焼きつけた光景がその後、『苦海浄土』をはじめとする一連の作品群となって結実する。

石牟礼さんと出会ったころの思い出をかつて宇井氏がこんふうに語ったことがある。一九六二年ごろのことという。「石牟礼さんたちが言っていたものです。『悔しいけれど歯が立たない。でも、だれも読まなくても記録だけはしておこう。ゴキブリかネズミが、そのうちに知能を持つようになったら、人間はこんなバカなことをしたんだと言うだろう』って【★II】」

『現代の記録』

「悔しいけれど歯が立たない」と石牟礼さんが語っていたころの雑誌がある。表紙に『創刊号現代の記録』。末尾に「一九六三年十二月十日発行、発行所　記録文学研究会　水俣市浜三九〇一（日当）石牟礼道子方」。石牟礼さん三六歳。教師だった石牟礼弘氏と結婚、長男道生氏をもうけ、短歌を詠み、詩人の谷川雁が主宰する「サークル村」に参加した後のころである。

チッソの労働者、水俣市職員などからなる編集委員会。石牟礼さんは創刊号に、「西南役伝説(2)」を書き、「座談会水俣庶民史①　コレラの神様を鉄砲でうつ」では、当時平凡社の『太陽』

編集長を務めていた水俣出身の谷川健一氏らとともに、五人の語り手の聞き役となっている。コレラなどの伝染病が流行した時に、どうやって食事を運んだかなどを細かく聞いているのが、いかにも石牟礼さんらしい。そして、（石牟礼）という表記がある編集後記にはこうある。

「最終原稿をめくっている時、三池のニュースが入った。労働者達の中には、スクラムを組んで座ったまゝ、こと切れていた姿があったという。何たることか。彼らの声を遮断した闇をかきわけて、わたし達が今、彼らと交わしうる対話とは何か。全ての運動の内部にむけて問いかけている彼らの言葉をきゝわけられるか。見えざる三池がなんと数知れず埋没しつゞけて来たことか。（中略）わたし達の間に深化し、潜行しているアウシュビッツがある。

豚小屋の匂いのこもる編集小屋にへばりつきながら、状況を刻みつけ得ない無念さをこめて、九月に出す筈だった創刊号を出す」

ここにある「三池」とは当時、「総資本対総労働」の闘いとも呼ばれ、六〇年安保闘争と並んで戦後の転換点の一つともなった福岡県大牟田市の三井三池炭鉱をめぐる争議のことだ。『現代の記録』は創刊号を出して終わるが、水俣在住の書家渕上清園氏が書く表紙「現代の記録」の太い題字と、（石牟礼）と書かれた編集後記が時代精神と雑誌にかける意気込みの強さを物語る。

また『現代の記録』にはこんな創刊宣言がある。

「意識の故郷であれ、実在の故郷であれ、今日この国の棄民政策の刻印をうけて、潜在スクラップ化している部分を持たない都市、農漁村があるであろうか。このようなネガを風土の水に漬けながら、心情の出郷を遂げざるを得なかった者達にとって、もはや、故郷とは、あの、出奔した切ない未来である。

地方をでてゆく者と居ながらにして出郷を遂げざるを得ないものとの等距離に身を置きあう事が出来れば、わたし達は故郷を媒体にして民衆の心情とともに、おぼろげな抽象世界である〈未来〉を共有する事が出来そうにおもう。その密度の中に彼らの唄があり、わたし達の詩《ポエム》があろうというものだ」

「一九六八年一二月二十一日未明」という日付のある講談社文庫新装版の『苦海浄土　わが水俣病』のあとがきに、石牟礼さんはこの「創刊宣言」を自分で書いた文章として紹介している。石牟礼さんが生涯見ようとした世界と、歩み始めた道がどこに向かっているのかが伺える文。「創刊宣言」は石牟礼さんが立てようとした自身の「旗」でもあるようだ。

普遍ということ

『苦海浄土　わが水俣病』は、池澤夏樹氏が個人編集した『世界文学全集　全三〇巻』(河出書房新社)には、日本から唯一入った作品である。

『苦海浄土』の一部は一九六〇年に『サークル村』に発表され、その後、渡辺京二氏が編集をしていた雑誌『熊本風土記』に『海と空のあいだに』として掲載された。渡辺氏はその成立過程の〝秘密〟をこう書いている。

「『苦海浄土』は聞き書なぞではないし、ルポルタージュですらない。それでは何かといえば、石牟礼道子の私小説である」。石牟礼さんはこう言ったという。「だって、あの人が心の中で言っていることを文字にすると、ああなるんだもの」（渡辺前掲書、一三一一五頁）

「いわば近代以前の自然と意識が統一された世界は、石牟礼氏が作家として外からのぞきこんだ世界ではなく、彼女自身生れた時から属している世界、いいかえれば彼女の存在そのものであった」（渡辺前掲書、二一一頁）

普遍性という岩盤に到達しているかどうか。それが文学というものの意味だとすれば、フィクションであるか、ノンフィクションであるかなどに決定的な意味はない。『苦海浄土』が人間と社会の普遍性という岩盤を深く穿っているからこそ、多くの人の魂を揺り動かすのだ。地方の、庶民の、自然とともにあるまっとうな暮らし。それを「利」のために一方的に破壊する側の凶暴さと無自覚さ。とりわけこの無自覚さというものが事件の陰影を暗くする。

確かな言葉が自噴するまでには、地下水脈を通っていく長い時間が必要なのだろうが、いったん自噴した言葉は、普遍性という脈を打つ。石牟礼さんの語り口もそうだが、最初は深い霧の中にいるような感じなのだが、しばらくすると、その霧の中から〝問題の核心〟が現れてくる。

石牟礼さんはかつて、水俣病事件を絵に例えて「見えないデッサンが深い色で塗り込められている」と語ったことがある。塗り込められた原像をどこまで掘り出すことができるのか。それは終生のテーマとなった。

版画家の秀島由己男さんとの対談で石牟礼さんはこんなふうな言い方をしている(季刊『暗河』2、一九七四年冬)。

「自分が出したい色というのは、まだ技法の表面に出ない感性の血脈のようなものでしょう。つまり自分の血とか体質とかと同じようなものでしょう。色が自分のものになるまでには、文章だってそうだけど……」

石牟礼さんは「ただモノクロームといっても、色を感じさせるものがないと……」という言い方もしている。モノクロームであって、色を感じるもの、石牟礼さんが格闘し続けた場所である。有限と無限、微細と極大。相反するものが、石牟礼道子という一つの器に矛盾なく同居する世界があった。

『苦海浄土』の中にこんな場面がある。

「水俣病のなんの、そげん見苦しか病気に、なんで俺がかかるか。

彼はいつもそういっていたのだった。彼にとって水俣病などというものはありうべからざることであり、実際それはありうべからざることであり、見苦しいという彼の言葉は、水俣病事件への、この事件を創り出し、隠蔽し、無視し、忘れ去らせようとし、忘れつつある側が負わねばならぬ道義を、そちらの側が棄て去ってかえりみない道義を、そのことによって死につつある無名の人間が、背負って放ったひとことであった」

あるいはこんな表現もある。

「水俣病を忘れ去らねばならないとし、ついに解明されることのない過去の中にしまいこんでしまわねばならないとする風潮の、半ばは今もずるずると埋没してゆきつつあるその暗がりの中に、少年はたったひとり、とりのこされているのであった」

事件を生み出した側が、隠蔽し、無視し、忘れようとしている……。一方で取り残されていく被害者……。この構図は果たして完全に過去のものになったのだろうか。『苦海浄土』は私たちの社会の幹を今も問い続けている。

水俣行

二〇一六年四月。桜の花のころに、石牟礼さんや渡辺氏らと水俣に向かった。

渡辺氏は車の中で、水俣病をめぐる出来事が激しく動いていたころ、水俣と熊本を夜遅く車で往復していたことを振り返り、「随分、昔の話になったなあ」と感慨深げに語った。「あのころ」から半世紀が過ぎた。熊本―水俣間、片道およそ一〇〇キロ。国道三号線には三太郎峠という難所があった。

日吉フミコさんや松本勉氏、石牟礼さんらが水俣病対策市民会議（後に水俣病市民会議）を結成したのが一九六八年一月のことだ。患者家族を物心両面から支援する水俣での初めての組織だった。石牟礼さんの呼び掛けに応じて、渡辺氏らが水俣病を告発する会（本田啓吉代表）を発足させるのが一九六九年四月。機関紙である水俣病裁判支援ニュース『告発』創刊号の案内には、「『水俣病を告発する会』は、水俣病患者と水俣病市民会議への無条件かつ徹底的な支援を目的としている。水俣病を自らの責任でうけとめ、たたかおうとする個人であれば誰でも加入できる」とある。以後、全国に「告発する会」が生まれ、毎月発行の『告発』は最大一万九〇〇〇部を数えた。石牟礼さんはここでも患者家族紹介をはじめ、現地・水俣の息遣いを伝え続けた。

『告発』創刊号に、石牟礼さんの「復讐法の倫理」がある。「銭は一銭もいらん、そのかわり会社のえらか衆の上から順々に有機水銀ば呑んでもらおう」。患者の声として書かれたこの言葉は、脅しではなく、自分たちのことを何とか分かってほしいという、いや、人であれば分かってくれるはずだ、という切ないまでの願望の裏返しであった。

一九六九年六月、患者家族がチッソを相手に初めての訴訟を起こす。水俣病一次訴訟である。『告発』創刊号の患者家族紹介は石牟礼さんによる原告団長の渡辺栄蔵さん。見出しは「はにかむ老少年　水俣市湯堂71歳」とあり、記事には、提訴の日の渡辺さんのこんな言葉が紹介されている。「今日ただいまから、私たちは国家権力に対して、立ち向かうことになったのでございます」。そして、こう締めくくられる。「根っからの漁師ではない。おヤジさんの大八車をガラガラ押して大道あきないの旅をして歩いた幼時の話をするときたのしげである。村々の祭をめざして、ゝ、ゝ、ニッキ水やタイ焼や下駄のはな緒を売りにゆく話。『ジイが、こういう旅をしながら、水俣のとっぱなにきて漁師になった』と語り伝えておきたくて、タイ焼の鋳型を大切に保存している。その孫たちは三人とも水俣病」

一九七〇年のチッソ株主総会。一九七一年一二月から始まる川本輝夫氏らの自主交渉。一九七三年三月の一次訴訟判決とその後の東京交渉。こうして書けば、当時、水俣病をめぐる動きが大きな激しい渦をつくっていたことが分かる。この渦の中に石牟礼さんの姿はあった。患者家族を支援する市民や学生が手にした黒地に白抜きの「怨」と書かれたのぼりや、「死民」というゼッケンは石牟礼さんの発案だった。

二〇一六年の水俣行には、石牟礼さんの長男道生さんも名古屋から駆け付けた。発作が起きてそう長居はできなかったが、水俣湾を回り、第一号患者が確認された水俣市月浦の坪谷という小さな入江にも降りた。車の中で「もっと海の近くに」と繰り返していたのが印象的だった。海を見たいということのようだった。例えば、水俣湾をコンクリートで埋め立てた側が、かつての渚を親水護岸と呼ぶことの何とも言えぬ奇妙さ。石牟礼さんが問い続けたことの一つは、こうした奇妙さに無自覚な私たちの社会の在り方だったようにも思う。水俣行から八日後に熊本地震の前震が起きた。

記録ではなく、記憶

水俣病事件で語られることが多い石牟礼さんだが、見ていた世界、感じていた世界は広く、その時間軸は長かった。

一九八〇年に出版された『西南役伝説』（朝日新聞社）は、一八七七（明治一〇）年に起きた西南戦争に題材をとったものだが、本の意図についてこう書いている。「目に一丁字もない人間が、この世をどう見ているか。それが大切である。権威も肩書も地位もないただの人間が、この世の仕組みの最初のひとりであるから、と思えた。それを百年分くらい知りたい」（単行本あとがきから）

古老たちが語る、いわば民衆の記憶。記録ではないところが石牟礼作品のキーワードでもあろう。そこには、二項対立、二分法の世界とは対極の世界がある。

石牟礼さんは一九九九年にはキリシタンの島原・天草一揆に題材をとった『春の城』を『アニマの鳥』（筑摩書房）と改題して出版する。天候不順が続いたにもかかわらず過酷な年貢を取り立て、一方でキリスト教を禁じた徳川幕府。これに異議を申し立て、三万人を超える人々が長崎・島原の原城に立てこもるのだが、やがて男も女も子どもも老人も皆殺しにされる。天草・宮野河内（現在の天草市河浦町）に生まれた石牟礼さんにとっては原郷の物語でもある。

熊本という土地は近代史において思想的な独特の温度を持った土地である。徳川幕府がようやくその政治的基盤を整えようとする近世の入り口で起きた島原・天草一揆。その徳川幕府が終焉を迎え、明治維新が成り、日本の近代がスタートしたばかりの一八七七年に起きた西南戦争、さらには昭和という時代の、高度成長というこれまで日本人が経験したことのないスピードで走る中で起きた水俣病事件。この間に流れる時間はおよそ四〇〇年。近世、近代、現代、いずれも熊本を重要な舞台として起きている歴史上の出来事である。石牟礼さんはおよそ四〇〇年にわたる時空を、『春の城』『西南役伝説』『苦海浄土』という三つの作品群で連続させている。いつの時代も、日本という国の中心にあるのは「中央」、あるいは「都」である。その「中央」、「都」に異議を申し立てる鄙《ひな》の民がいる。石牟礼さんは、そういう辺境の民の声、鄙の民の中に、あるべき共同体を幻視しようとしていたのではないか。

（たかみね・たけし　熊本日日新聞社論説顧問）

【★Ⅰ】熊本学園大学水俣学研究センター『水俣学通信』第29号、二〇一二年八月一日
【★Ⅱ】『熊本日日新聞』一九八六年一一月一八日付朝刊

幻に身を投じた黒子たち

福元満治

「市民運動ではないですもんね」と、石牟礼さんがつぶやかれたことがあった。一九七〇年初頭の水俣病闘争の最中のことである。

私が飛行機に初めて乗ったのもその頃のことで、スカイメイトという学生向け夜の格安便だった。丸の内のチッソ本社での東京行動のために、ゼッケンの束を数人で運んだのである。ゼッケンには「死民」と染め抜いてあり、プリントしたシンナーの臭いが気になったのを覚えている。

水俣病闘争のシンボルともイコンともなった「怨」や「死民」というアイデアを出されたのは、石牟礼道子さんである。それは、当時の市民運動や政治運動が、「市民的権利」の恢復や主張を基調としていた中で、それら近代的な権利闘争とは異質な感触を持つ運動を象徴的に示す言葉だった。

一九六九年に提訴された水俣病裁判（第一次訴訟）は、水俣病の原因企業チッソを、患者さんとその家族二九世帯一一二人が訴えた訴訟である。それを支援するために、水俣では水俣病対策市民会議（後に水俣病市民会議）ができ、熊本では水俣病を告発する会ができた。その両組織の設立に石牟礼さんは深く関わっていた。石牟礼さんは次のように書いている。

「市民会議の限界を補強する、もう一つのバネのきいた行動集団を、いよいよ発足させねばならぬ時期になっていた。組織エゴイズムを生ましめない絶対無私の集団を」

私が水俣病問題に直接関わったのは一九七〇年五月二五日。水俣病の患者のグループが、チッソとの斡旋を訴訟ではなく旧厚生省に一任して、死者ひとり四〇〇万円という低額の補償額が提示されようとしていた。その補償処理委員会の理不尽な斡旋を水俣病を告発する会の会員が実力で阻止しようとして、厚生省の一室を占拠したのである。メンバーは、映画監督や大学研究者に塾教師や放送局職員に学生たちとさまざまだった。私もそのひとりで、厚生省の前では、石牟礼さんや当時告発する会の代表だった本田啓吉先生たち数十人が、患者さんの遺影を掲げてデモをかけていた。この時逮捕された一三人のうち、土本典昭、宇井純、島田真祐、豊田伸治の四氏がすでにこの世にない。

水俣病闘争は、裁判を支えることで始まったが、患者・家族そして死者たちの積年の思いをどうすれば表現できるのかということを模索していた。裁判では、損害賠償請求事件として争い、公害事件として近代法的な決着をつけるしかない。しかし裁判ではつぐないようもないものがある。何よりも法廷では、弁護士という代理人を通してしかものが言えない。患者さんやその家族の生の声を、直接チッソにぶつけることで、責任者の少しは人間らしい言葉を聞くことは出来ないのか。

そういう思いが、チッソ株主総会でのチッソ社長との直接対決（七〇年一一月）や新たに患者と認定された川本輝夫さんたちによる東京本社での自主交渉（七一年一二月から一年半）というように、直接交渉を求める運動に具体化されていった。

運動の核となったのは、患者・家族の存在とその思いであったが、私たちが依拠していたのは、石牟礼さんが『苦海浄土』によって描いた世界である。都市生活者にはすでに失われた、自然や生類たちとも交感するような深々とした世界。その幻のような世界を胸に抱いて黒子に徹し、時には身体を張ったのである。

近代法ではどうしてもこぼれ落ちてしまう世界を、現世的な運動で支えようとした者は、先に述べたように、教師やメディア関係者に学生という、いわば知識層の市民である。彼らはそれぞれの職場や大学でそれなりの運動を経験してもいたが、自らの場所で表現し得なかった問題を水俣病の闘争を通して具現化しようとしたわけではない。ただ黒子に徹しようとしたのである。「絶対無私」の行動集団であり得たかどうかは知らないが、そういう逆説によって、水俣病闘争に身を投じた者は、それまで見たことのなかった幻をかいま見たのである。

「ありとあらゆる賤民の名を冠せられ続け、おのれ自身の流血や吐血で、魂を浄めてきたものの子孫たちが殺されつつあった。かつて一度も歴史の面《おもて》に立ちあらわれたことなく、しかも人類史を網羅的に養ってきた血脈たちが、ほろびようとしていた」(『苦海浄土』第二部)

私たちは、チッソとの対話を求めて闘う患者・家族に付き添った。しかしそれは、生者だけではなかった。「かつて一度も歴史の面にたちあらわれたこと」のなかった「死者」たちとも行を共にしていたのだと思う。そういう闘いの場において、石牟礼さんは時におろおろしながらも断固たるシャーマンであった。そういう石牟礼さんと共にあったのだ、という思いは深い。

(ふくもと・みつじ　石風社代表)

四郎の衣裳はみはなだ色で

松下純一郎

石牟礼道子さんの新作能『沖宮《おきのみや》』を、あらためて読んだ。染織作家志村ふくみさんとの対談・往復書簡集『遺言』（筑摩書房、二〇一四年）に収められている。

天草島原の乱で逝った天草四郎が海辺に立ち現れ、四郎の乳母の娘で四郎を慕っていた幼女「あや」に出会う。母も乱で亡くしていた「あや」は「もう、さびしゅうない」と、つかの間の〝再会〟に浸る。しかし乱のあと、「あや」が育てられた天草の村は干ばつに苦しんでいた。「あや」は雨乞いの人柱となって、雨の神、龍神のいる「沖宮」に向けて船出するのだった――。

いわば、長編『春の城（アニマの鳥）』その後の話。四郎をもう一度この世に立ち返らせる、石牟礼さんらしい命を紡ぐ物語である。短い原作ではあるが、読む間じゅう、ずっと、波の音が鳴り響いていた。

この原作の舞台化がことし（二〇一八年）秋、実現することになった。京都の志村さんの娘さん洋子さんたちが昨年、「二人の願いを叶える会」をつくり、動いていた。熊本公演が初演となる。十月六日、熊本市の水前寺公園内の出水神社能楽殿という野外、それも夜だから「薪能」となる予定だ。さらに、同月二十日に京都（金剛能楽堂）、十一月十八日に東京（国立能楽堂）と続く。準備段階、さあこれからというときに、石牟礼さんが逝ってしまった。残念ながら、石牟礼さん追悼公演となった。

石牟礼さんと志村ふくみさんとのおつきあいは長い。石牟礼さんの全集（藤原書店）の表紙デザインを担当したのも志村さんだった。『遺言』の中には、二人が楽しげに、この能『沖宮』でまとう能衣裳を、志村さんの紡ぎ出す染めでつくることを対談で語り合い、手紙でやり取りする様が何度も登場する。

二〇一一年九月十一日付、石牟礼さんが志村さんに宛てた手紙。「今、最後の作品と思う『天草四郎』を構想中でございまして、シテの四郎の装束を『みはなだ色』で表現したいと思うに到りました」。続けて「志村さんのお仕事で能装束を仕上げたいというのは長年の秘かな念願でございました」。みはなだとは普段聞かない色の名だ。石牟礼さんは、志村さんが送った本でその色を知り、「その糸の束に霊感のようなものを感じ」たのだという。「水縹」と書く。藍染めの明るい青色のことで、古来、万葉集にも出てくる色であるらしい。

その手紙の最後には、「上衣は『みはなだ色』、袖の下辺は紫紺、袴も紫紺、陣羽織もその二色で表現できればと思います」との追伸まで添えている。そのとき作品は三分の二ほどしか出来ていないとも書いているが、石牟礼さんは脱稿前から、既に舞台の上を思い巡らせていたことになる。それも衣裳の色まで細かくリアルに。

これへの志村さんからの返信はわずか四日後。意を得たり、の思いが文面から伝わる。「思いがけない新作能の能装束のおはなし、胸がとどろく思いで拝見いたしました。『不知火』のお能を拝見した時のただならぬ感動がよみがえります。『アニマの鳥』をもう一度読みたいと思います。その天草四郎の衣裳をみはなだ色とは。（中略）藍のうすい、水浅黄ともちがい、くさぎの実で染めた水いろは、得もいえぬ天上の色なのです（中略）。能装束を織りたいのは私の終生の願いです。まして天草四郎という霊性の高い美しい男性の衣裳とは……」。熊本と京都、遠く離れているのに、二人は『沖宮』をどういう舞台とするか、どんな衣裳にするかで共鳴し、共振し合う。

翌年四月、志村さんは熊本市に石牟礼さんを訪ねる。携えてきたのは、鮮やかな数種類の染め糸。そのとき、石牟礼さんは初めてみはなだ色と対面する。

志村「染めてみましたけど」。石牟礼「まあ……」。志村「これが、水縹の色」。石牟礼「『みはなだ色』って、これでございますか。言葉がきれいですね、『みはなだ』……」

実物を前にして、幸せそうに声を上げる石牟礼さんの姿が目に浮かぶ。

「叶える会」は、シテ四郎役に、京都を本拠とする金剛流の若き宗家金剛龍謹《たつのり》さんを決めた。詞章(能台本)作成は、神戸学院大准教授の中村健史さんの手で進行中という。

熊本公演に向けては熊本上演実行委が実動部隊となる。本番を盛り上げるために、七月十四日、熊本市の熊日本社二階ホールでシンポジウムを開く。詩人伊藤比呂美さんを進行役に、パネリストは渡辺京二さん、熊本大准教授の跡上史郎さん、作家坂口恭平さん。いずれも石牟礼さんやその文学を深く知る方々だ。『沖宮』だけでなく石牟礼さんが残したものを、ひととき語り合ってもらう。京都からは、志村さんのご家族も駆けつけるはずだ。

能には必ず死者が登場する、死後の世界からこの世を見ている。死者と生者、過去と現世が行き交う場所こそが、あの小さな舞台でもある。

今度はその舞台と観客を見下ろす誰かがいる。石牟礼さん、ですか。

(まつした・じゅんいちろう　熊本日日新聞社調査役)

石牟礼道子のねこまんま。

藤原新也

鹿児島本線は八代の駅を降りる。

東に向かって歩くと風景が消しゴムで消し去られたかのようなのっぺらぼうの埋め立て地がどこまでも続き、とりつく島がない。さらに歩くとその先の不知火海は大きな堤防で塞がれており、堤防の上に登ると灰色の泥土の海がどこまでも広がっていた。

一九九五年にオウム真理教の麻原彰晃の実家を訪ねたおりの不知火の風景である。

不知火海の泥土にはシャコが群生しており、海からほど遠からぬ平地に離れ家のようにポツンと建っている麻原彰晃の実家では来客時に酒の肴としてこのシャコが蒸され、皿いっぱいに盛りつけられて出てくるのが恒例だった。

八代は水俣病問題の中心地である水俣とは四五キロほど離れているが、回遊魚や海流によって汚染物質が運ばれて来る距離としてはそんなに遠いと言える距離ではなく、実際に八代で水俣病申請をした者もいる。大阪の下町に身を隠していた麻原彰晃の兄、故・満弘氏を捜し出し、そのことを訊いたとき、彼は隠れるようにして水俣病の顕著な症状である視覚障害の症状を呈していた弟の智津夫の水俣病申請をしたと語った。隠れるようにというのは当時水俣病申請をすると八代ではアカとの後ろ指を差されたかららしい。

この不知火海で起こった水俣病問題を『苦海浄土』で著した作家、石牟礼道子さんに今から七年ほど前、お会いする機会を得たおり、ふと一六年前のあの満弘氏の衝撃的な言葉が私の脳裏に過った。思うにこの不知火海というのは戦後の日本を震撼させたふたつの大きな事件に関わっているのである。そして石牟礼道子という人はその戦後の奈落の底の様な不知火海で長年この未曽有の環境問題と関わってきた闘争作家というイメージが強かった。

石牟礼さんは生まれ故郷である水俣を離れ、熊本市内の集合住宅にお住まいになられており、女性編集者とともにそのご住居に招き入れられた時の第一印象は、通されたリビングが昼間であるにもかかわらず薄暗く、いかにも奈落世界を描いた内省的な作家の空間だなということだった。そして私はその暗がりの中から登場する石牟礼道子という稀代の作家の佇まいにあらぬ想像を張り巡らしていた。つまりまことに失礼ではあったが、私は深い海に潜ったおり、岩の隙間の陰から顔を出し、キッとした目を光らせ、鋭い歯と獲物を噛むと絶対に放さない二重顎を持ったウツボのようなものを想像していたのである。

だがほどなく奥の間から猫足の歩のように音もなく現れ、テーブルを挟んで私の前に座った彼女の佇まいに私は違和感を抱く。

私は彼女のことを闘う作家としてのギラギラした押しだしの強い女性を想像していた。時に人というものは高齢になるにしたがってそういった個性がさらに顕著になることもある。だが目の前に立ち現れた石牟礼さんは何か透明な空気にでも包まれているかのように柔和な佇まいをされていたのである。そのお顔にほのかな微笑みを絶やさすことなく「石牟礼でございます」という第一声にも人を包み込むような優しさがある。この方があの強靭にして不屈の大著を著したお方かと意外だった。その初対面によって私の彼女に対するイメージは一掃された。そして一輪の花が脳裏に浮かんだ。それはいつか写真に撮った森の陰にひっそりと咲く小さな桔梗の花だった。

それから対話がはじまった。だが、またこれが意外だった。彼女の話は当然水俣病や福島原発問題という深刻なテーマに触れているわけだが、通奏低音のようにあらゆる言葉がユーモアに包まれているのである。時には聞くだに笑いが込み上げ、時に私は暗いリビングに響き渡るような高笑いをした。かと思うとさらにその話は時に巫女が口走るような神話めいた物語へと移って行く。そんな彼女の様子を覗《うかが》いながらふと私はそこに長年水俣病と闘ってきた彼女の生き抜く〝戦術〟を見たように感じた。人間は出口のない深刻な事態に直面し、その中を生き抜くにはその深刻さを希釈するユーモアや柔和さが必要であり、彼女の佇まいの柔和さは、そういった奈落世界に直面したからこそ自然に生まれ出た〝戦術〟ではなかったかと思えたのである。

石牟礼道子さんとの対話は三日続いた。

彼女は当時多少お体が不自由で一回の話時間を制限されていたからだ。

その最後の三日目のことである。午前の話を終え、私たちが昼食のために席を立とうとすると「お食事はここでされて下さい」と彼女は立ち上がり、台所の方に向かわれた。

そしてしばらくして持って来られたお盆には手ずからの簡単な昼食一式が載っていて私たちを驚かせた。

「名物のサバの無塩《ぶえん》ずしをと思ったのですが、新鮮なサバがなかったものですから」と出されたご飯茶碗には桜エビとチリメンジャコの混ぜご飯が盛りつけられていた。

何か母親が作るような優しい〝おまんま〟の風情だ。

私は嬉しい驚きとともに女性編集者と恐縮しながらその混ぜご飯をいただいた。そのお味がまたこよなく優しかった。味もそうだがそれを口に含んだ時、妙に五感が満たされた。食い物をそのように比喩するのもおかしな話だが、それを口に含んだ時、ボンヤリと明媚な自然に視線を投げかけて五感が満たされているそのような瞬間を思い出したのである。

そしてこれはあの小説そのものだなと思った。私はその〝いしむれおまんま〟をいただきながら、ふと彼女の初期の作である『椿の海の記』を思い出していたのだ。

そこには闘いの作である『苦海浄土』とは異なり、ご自身の子供の頃の眼で視た水俣の自然が美しく詩的な日本語で綴られている。

……齢八十にして〝あの世界〟にお帰りになったのだな。

私は食後に出された番茶で喉を潤しながらふとそう述懐した。

『椿の海の記』は彼女の代表作でありながらメッセージ性の強い『苦海浄土』のようには世間一般に知られていない。だが私は彼女との対話ののち、石牟礼道子さんの代表作は『椿の海の記』であると確信を持つに至った。

作家には歌手の歌と同じようにA面の作とB面の作が存在するものだ。さしずめ密やかな言葉で語られた『椿の海の記』はB面に属する小説であるように思う。思うに多くの作家というものは自身の仕事の履歴の中で必ずやB面の曲を歌っているものだ。そしておうおうにしてそのB面の曲（作）こそが、その作家の本質を炙り出している。

そんな思いを抱き、石牟礼道子さん宅をあとにしながら、あの水俣がまだ美しい浄土であったころの目の前に風景の緞帳が開くがごとき『椿の海の記』のプロローグを思い出していた。

春の花々があらかた散り敷いてしまうと、大地の深い匂いがむせてくる。海の香りとそれはせめぎあい、不知火海沿岸は朝あけの靄《もや》が立つ。朝陽が、そのような靄をこうこうと染めあげながらのぼり出すと、光の奥からやさしい海があらわれる。

思うに石牟礼道子の『苦海浄土』は『椿の海の記』に描かれるその神々しき海が人間の手によって蹂躙されたことに対する怒りと哀しみの発露に他ならない。

その意味においてA面とB面は表裏一体となり、ついには〝ひとつの歌〟として私の耳には聴こえるのである。

（ふじわら・しんや　作家／写真家）

荘厳を証《あかし》する者

若松英輔

もし、時間を五十年ほど戻すことができて、一九七〇年、『苦海浄土　わが水俣病』が刊行された翌年に編集者となり、自由に対談を組むことを許されたら、迷わず石牟礼道子と神谷美恵子を招く。

年齢は神谷の方が一回りほど上だが、二人は共に水俣病、ハンセン病という語り得ぬ苦渋と悲痛の経験を背負い、語ることを奪われた者たちの、声にならない呻《うめ》きに、言葉という姿を与えるため、人生の大部を賭《と》したことによって強く響き合う。

神谷は、岡山県のハンセン病療養施設長島愛生園《ながしまあいせいえん》に精神科医として赴き、さまざまな壁を乗り越え『生きがいについて』（一九六六）を書いた。

この本の終わりの方で神谷は、真の意味における「宗教」と「生きがい」との関係にふれ、宗教は「そのひとが宗教集団に属する属さないにかかわりなく、どんなところにひとりころがされていても、そのひとのよりどころとなりうるはずで」あり、「必ずしも既成宗教の形態と必然的な関係はなく、むしろ宗教という形をとる以前の心のありかたを意味するのではないか」という。

組織も建造物も教典も教義も必要としない「宗教」、それは石牟礼道子が描き出そうとした本当の「宗教」だった。

カトリックの司祭だったことのある思想家、イヴァン・イリイチとの対談で石牟礼は「極端な言い方かもしれませんが」と断りながら、「水俣を体験することによって、私たちがいままで知っていた宗教はすべて滅びたという感じを受けました」と語っている。

知性や教養、利己主義を充足させるための宗教ではなく、魂を荘厳《しょうごん》するものとしての「宗教」の復活に参与すること、それが石牟礼道子の悲願だった。

沈黙を強いられた者の声を聞き、開かれた「宗教」の地平を準備した二人には共通の敬愛する先行者がいた。内村鑑三である。

ある時期まで神谷は、熱心な無教会のキリスト者だった。初めてハンセン病施設へと彼女を導いた叔父金澤常雄も、「この世で出会ったほとんど唯一の師」(「三谷先生との出あい」)と呼んだ三谷隆正も内村に長く師事したキリスト者だった。

石牟礼は、熱心な内村の読者だった。内村との縁をつないだのは足尾銅山鉱毒事件であり、このとき民衆の救済に奔走した田中正造である。「わたくしは、おのれの水俣病事件から発して足尾鉱毒事件史の迷路、あるいは冥路のなかにたどりついた」（「こころ燐にそまる日に」）と石牟礼は書いている。

世の多くは鉱毒事件で被害者救済に奔走する田中を奇異の目で見ていた中で、内村はいち早く田中への支持を表明し、足尾に赴くなどして行動を共にした。二人の境涯を石牟礼はこう記している。

人間の内なる力をよびさますため、鑑三がひたすら聖書に直入しようとしたのにたいし、彼の前をゆく蓬髪の人田中正造は、破壊されつくした谷中「水村」の村民らの中に入り、「カモ・アヒルのごとき」晩年を送った。「聖書の実行」である。たやすくはここまでは近づけない。

（「言葉の種子」『葛のしとね』）

彼女がいうように、この道はけっして容易ではない。しかし、石牟礼道子の生涯を振り返るとき、彼女が、言葉の奥に潜む意味の深みへ「直入」することで、亡き者たちの声を映しとることに人生の大部を注ぎ込んだことが分かる。

その言葉は、紙の上に記されるとは限らなかった。あるときは路上で、またあるときは多くの人を集めた会場で、住まいの小さな部屋で訪れる者たちに語られることもあった。

晩年の彼女に『苦海浄土』を書いたとき、どんな心持ちだったかを聞いたことがある。そのとき彼女は少し沈黙したあと、荘厳されるようだった、と語った。

「荘厳」とは仏教の言葉で、浄土真宗でよく用いられるが、彼女がいう意味はそれに限定されない。それは存在の深みから、亡き者を含む「神さま」たちに照らし出されることを意味する。別なところでは「人間世界と申しますのは、このように生々しいゆえに、荘厳ということがより必要になってくるかと思います」(「名残の世」)とも述べている。

彼女はどこまでも、語らざる者たちの手となって文字を書き、口となって語ろうとした。彼女が残した言葉は、受難を生きた者の悲痛だけではない。耐えがたい労苦を背負った者たちによって荘厳されるという出来事の証言でもあった。

人が死ぬということは、その人とより深く逢いなおすことのようです。生きているうちにそれが果せぬゆえに、人は美しくなって死に向うのでしょうか。

(「含羞に殉ず」『花をたてまつる』)

自分で書いた言葉の道を彼女は今、ひとり歩いている。私たちと「より深く逢いなおす」ためにである。

（わかまつ・えいすけ　批評家／随筆家）

編者あとがき

米本浩二

『残夢童女』という題名は、石牟礼道子さんの語りで構成した『花の億土へ』（二〇一四年、藤原書店）などに由来する。「残夢童女」とは、〈残りの夢の中にいる女の子〉という意味である。残夢童女とは石牟礼道子さんその人なのだ。

一九九四年九月二〇日、石牟礼さんは、熊本県の作家、前山光則さんらの案内で、熊本県球磨郡水上村の市房ダムを訪れている。当時、石牟礼さんは六七歳。名著『食べごしらえ　おままごと』（一九九四年、ドメス出版、二〇一二年から中公文庫）を刊行するなど著述家として意気軒昂たるものがあった。パーキンソン病の前兆らしきものがあらわれ始めるのは九七年である。

石牟礼さんがダムの湖底に行くのは七八年二月以来、二回目である。最初のときは前山さんと妻の桂子さんが案内したのだ。前山さんは熊本県立多良木高校水上分校の教師だった。学校はダムの下流にある。二回目の九四年は一回目よりも渇水がひどく、湖底はひび割れさえ生じている。石牟礼さんは次のように書いている。

〈水の引いてしまったダムの底を何と形容すればよかろうか。閉じこめられた村の瘴気が、泡立ちながらのぼってくる、というように見えた〉（二〇一五年、弦書房刊『ここすぎて　水の経』所収「石の中の蓮」）

石牟礼さんは崖を這い下る。集落の家々や田畑、役場、発電所などが泥をかぶったままの泥細工のような状態で太陽に照らされている。石牟礼さんは墓場跡にたたずむ。

〈村の人たちの代々のお墓が出てきました。そのお墓の一つに蓮の花が一輪、非常に簡単な線描きで刻まれていて、「残夢童女」と〉（『花の億土へ』）

〈よくつけたなと思いまして。赤ちゃんだったのか、三つになるやならずやの女の子の墓に違いないんです。それで村の人たちはこんなふうにして命をいとおしんだ。水の底に沈められて、その残夢も水の底に沈んでしまったんだなと思いました〉（同前）

　湖の底よりきこゆ水子らの花つみ唄や父母恋し
　水底の墓に刻める線描きの蓮や一輪残夢童女よ

「前山夫妻と市房ダムが干上がったのを見に行って」との詞書がある。若い頃から短歌を詠んだ石牟礼さんはダム底での感慨を歌に込めた。

石牟礼さんの代表作『椿の海の記』（一九七七年、朝日新聞社、二〇一三年から河出文庫）は「みっちん」と呼ばれる少女が主人公である。自伝的長編であるがたんなる幼少期の回想ではない。〈残りの夢の中にいる女の子〉である自分自身の、孤独な魂の彷徨を描いたのだった。〈赤んぼの墓碑がいくつかあった。愛らしく作られていた。印象ぶかいのは、墓石の額に、蓮の花が一輪、刻みこんであることだった〉（「石の中の蓮」）と石牟礼さんは書く。ダムの底で石牟礼さんは自分の墓を見つめる気がしたのではないか。

ダム底の村の印象を元に書いたのが長編小説『天湖』（一九九七年、毎日新聞社）である。水底の「天底村」（小説中の架空の名前）出身の旧家の男が東京に出る。その孫が村に帰ってくる。故郷に骨をまくよう祖父から頼まれている。作曲家志望の孫は、村出身の巫女のような女性と親しむ。女性の歌を通して孫は村の魂に触れたような気持ちになる。その巫女のような女性のモデルは石牟礼さん自身だろう。水底の村の魂を次世代につなぐ役割を石牟礼さんは果たそうと思ったのか。

本書『残夢童女』は実は、題名が決まるまで時間がかかった。芯となる言葉が見つからないのだ。この追悼文集の筆者は、小説家、評論家、新聞記者、俳人、詩人、ノンフィクション作家、書店経営……と肩書きはいろいろである。「ジャンル横断」と言ったらよかろうか。執筆時の状況や、石牟礼さんとの距離感も反映し、追悼文はそれぞれ独自のかたちをしている。当然といえば当然なのだが、それらを、ひとつの表題の下にまとめることができない。両手ですくいあげようとしても水俣の夜光虫のようにこぼれおちてしまう。

「たましいの遠漂浪《とおざれき》」「預言者・道子さん」「夢とうつつを見る人」「愛しのみっちん」……。いろいろ考えたが、どれもしっくりこない。言い切れていない。難航する理由のひとつに、石牟礼さんのふところの深さがある。存在が常識の枠に収まらない。宇宙論的イメージが地球的規模を超えている。エッセンスというべきものが抽出できないのだ。編者たる私は、迷いに迷った挙げ句、二〇一九年初冬、石牟礼さんの長年の同志である渡辺京二さんに相談した。渡辺さんはちょっと考えて、「〝残夢童女〟はどうだろうか」とおっしゃる。

虚を突かれた。全く予期せぬ方向からボールが来た。気がつくと私は、見渡す限り泥の世界に立っていた。水が干上がったダム湖底の村である。家々が途切れるあたり、雪の代わりに泥がふりつもったようなモノクロームの畑の端に、泥の化身なのか、見覚えのある人影がある。よくよく見ると手作りのモンペ姿の石牟礼道子さんである。蓮の花を捧げるように持っている。ほほえんだ。口の端がくいっと上がった三日月のようないつもの笑顔である。残夢童女。よかタイトルが見つかりましたね、と石牟礼さんの声が聞こえたような気がした。追悼文集にこれで背骨が通った。たしかな手応えを感じた。

蓮を捧げる石牟礼さんの姿に、私には、渡辺京二さんの姿が重なって見えるのだ。石牟礼さんの葬儀。雪が舞う。渡辺さんが手を振っている。黒の喪服姿である。いつまでも手を振っている。遠ざかる石牟礼さんの棺に別れを告げている。

さようなら、さようなら。

渡辺さんの思いの深さに及ぶべくもないが、石牟礼さんといつも一緒にいたいとの気持ちを、石牟礼さんの周囲にいた人は共通して持っている。距離的、時間的に石牟礼さんから離れていても、石牟礼さんは書いたものを通して、いつもその人たちの身近にいたのだった。

「ワガママ、気まぐれ大明神」を書いた阿南満昭さんは、石牟礼さんの壮年期は「水俣病を告発する会」事務局長として、晩年は秘書兼介護者として、石牟礼さんのそばにいた人である。石牟礼さんのことを「ワガママ、気まぐれ大明神」と呼べる濃厚な交友がうらやましい。「詩的代理母のような人」の伊藤比呂美さん。顔や雰囲気が双生児のように石牟礼さんそっくりの伊藤さんは同じ詩人として、石牟礼さんの切実な理解者だった。年長の石牟礼さんへの尊崇の念は、余人を寄せつけぬ熱いものがあったのである。

他人の苦しみをわが苦しみとする「悶え神」。「荘厳」を動詞で用いる特異な文学。夢とうつつ、近代と前近代、行動と発言……などのはざまで生きた人。一見てんでんばらばらの追悼文が、残夢童女の、まさにその夢の中でむすびつき、この一冊になった。

（よねもと・こうじ　石牟礼道子資料保存会研究員）

初出一覧

Ⅰ 傍にて

渡辺京二 「手に負えない大きな存在」『熊本日日新聞』二〇一九年二月九日
阿南満昭 「ワガママ、気まぐれ大明神」『熊本日日新聞』二〇一八年二月二一日
石牟礼道生 「多くの皆様に助太刀されて母は生きて参りました」『道標』第六一号、二〇一八年六月
大津円 「石牟礼さんの最期の一つの記録」『道標』第六一号、二〇一八年六月
佐藤薫人 「石牟礼さんの死を想う」『道標』第六一号、二〇一八年六月
辻信太郎 「ドン・キホーテとしての石牟礼さん」『道標』第六一号、二〇一八年六月
浪床敬子 「対話」『アルテリ』六号、二〇一八年八月
田尻久子 「されく」『アルテリ』六号、二〇一八年八月
東島大 「石牟礼道子さんと『存在する猫』」『道標』第六一号、二〇一八年六月
山田梨佐 「絵本の思い出」『道標』第六一号、二〇一八年六月
山本淑子 「旅は道連れ」『道標』第六一号、二〇一八年六月
米満公美子 「ままごとの記」『アルテリ』六号、二〇一八年八月

Ⅱ 渚の人の面影

池澤夏樹「夢とうつつを見る人」『アルテリ』六号、二〇一八年八月
石内 都「石牟礼道子さんの手足のゆくえ」『アルテリ』六号、二〇一八年八月
緒方正人「不思議な体験」『魂うつれ』七五号、二〇一八年一一月
鎌田 慧「『小さな命』の仇討ちに賭けた生涯」『サンデー毎日』二〇一八年三月四日号
坂口恭平「蓬が杣」『アルテリ』六号、二〇一八年八月
髙山文彦「かなたの人」『週刊読書人』二〇一八年三月三〇日号
平松洋子「魂入れの振る舞いとして」『すばる』二〇一八年四月号
町田 康「捨てられた魂に花を」『毎日新聞』二〇一八年二月一五日
永野三智「悶え加勢する」『文藝』別冊、二〇一八年五月
宮本成美「道子さんが逝ってしまった。」『追悼 石牟礼道子 毒死列島 身悶えしつつ』金曜日、二〇一八年
米本浩二「石牟礼さんの『加勢』」『週刊読書人』二〇一八年三月三〇日

Ⅲ 石牟礼道子論

赤坂憲雄「くだもののお礼は、その先へ」『現代思想』二〇一八年五月臨時増刊号
伊藤比呂美「詩的代理母のような人」『文學界』二〇一八年四月号
臼井隆一郎「狂女と狂児」『藍生』二〇一九年二月一日号

姜 信子　「かなしみよ、水になれ、光になれ」『文藝』別冊、二〇一八年五月
三砂ちづる　「書くことと真実」『道標』第六一号、二〇一八年六月
齋藤愼爾　「生者と死者のほとり」『俳句αあるふぁ』二〇一八年夏号
最首 悟　「無名集合名詞としての石牟礼道子」『現代思想』二〇一八年五月臨時増刊号
辺見 庸　「〈累〉の悲哀 紡いだ文学」『日本経済新聞』二〇一八年二月一二日
松岡洋之助　「水俣病を告発する会──石牟礼道子さんとの日々」『道標』第六一号、二〇一八年六月
中村桂子　「地方に暮らすお茶目でふつうの主婦」『現代思想』二〇一八年五月臨時増刊号
高峰 武　「石牟礼道子さんの『眼差し』」『8のテーマで読む水俣病』弦書房、二〇一八年
福元満治　「幻に身を投じた黒子たち」『熊本日日新聞』二〇一八年六月六日
松下純一郎　「四郎の衣裳はみはなだ色で」『道標』第六一号、二〇一八年六月
藤原新也　「石牟礼道子のねこまんま。」『文藝』別冊、二〇一八年五月
若松英輔　「荘厳を証《あかし》する者」『常世の花 石牟礼道子』亜紀書房、二〇一八年

石牟礼道子資料保存会
（いしむれみちこしりょうほぞんかい）

二〇一四年一二月発足。石牟礼道子（一九二七―二〇一八年）の盟友である渡辺京二氏を中心とする約二〇人のメンバーによって、著作、直筆原稿、日記、ノート、蔵書などの資料の管理・保存・研究を行っている。活動は主に第二、第四土曜日。理事長は松下純一郎氏（元熊本日日新聞記者）、事務局長は阿南満昭氏（元水俣病を告発する会事務局長）。なお、資料は真宗寺（熊本市東区健軍四―一七―四五）に保管されている。

残《ざん》夢《む》童《どう》女《じょ》――石牟礼道子追悼文集

二〇二〇年二月一二日　初版第一刷発行

編者　石牟礼道子資料保存会
発行者　下中美都
発行所　株式会社　平凡社
〒一〇一―〇〇五一
東京都千代田区神田神保町三―二九
電話　〇三―三二三〇―六五七九（編集）
〇三―三二三〇―六五七三（営業）
振替　〇〇一八〇―〇―二九六三九

編集　水野良美
ブックデザイン　小川順子
印刷　藤原印刷株式会社
製本　大口製本印刷株式会社

落丁・乱丁本のお取り替えは小社読者サービス係までお送りください（送料小社負担）
平凡社ホームページ　https://www.heibonsha.co.jp/

ISBN978-4-582-83829-9　ＮＤＣ分類番号914.6　四六判（19.4cm）　総ページ256
ＪＡＳＲＡＣ出 1914478-901